望雲窗韻稿選

馬顯慈 著

本書乃《望雲窗詩稿》、《望雲窗詩稿續編》之第三編，屬古典詩歌創作，主要為七言律詩、五言絕詩、五言古詩三種體式，另有若干為三五七言及擬詞曲韻體式。韻稿分五篇：甲篇文史類、乙篇文化類、丙篇軍政類、丁篇文學類、戊篇雜興類。若干詩後附有自注，以備參閱。

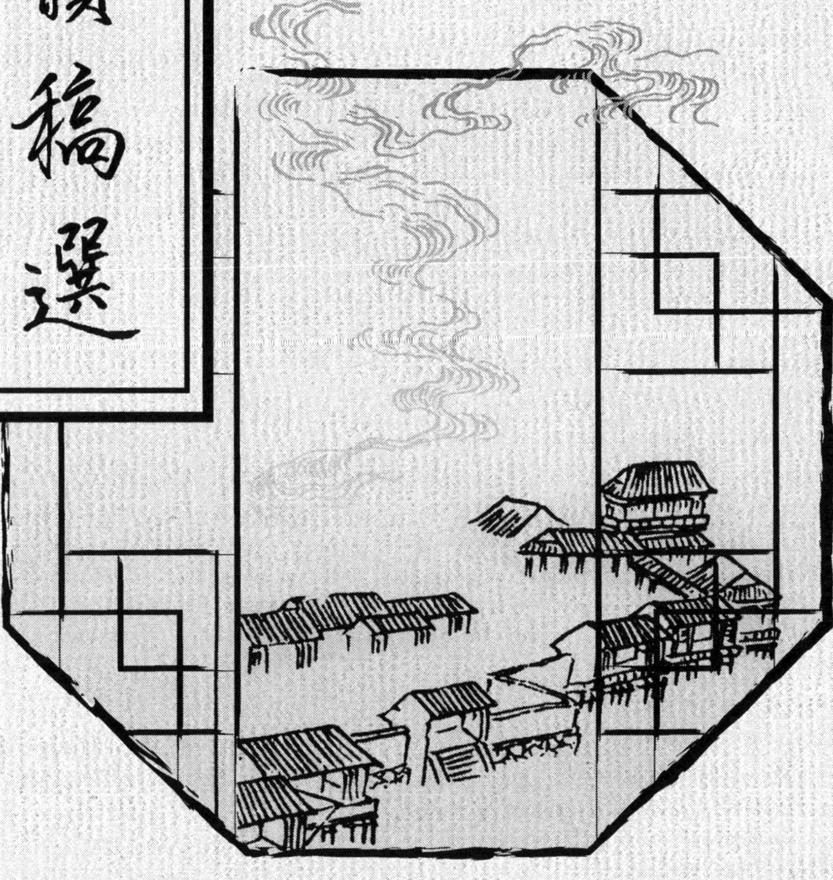

第二屆國學研讀會改選完成須贈來遠榮譽會長
於余喜而賦謝

如月相隨萬物生(一)
榮名須贈喜難勝
昂頭漸覺風光好
放眼還期子墨興(二)
國故斯文將墜地
聖門賢路共高明(借一韻)
新登理事宜同力
儒道弘揚賴爾承

(一)爾雅釋天：「二月為如」清郝懿行爾雅義疏：「如者，隨從之義，萬物相隨而出，如如然也。」
(二)子墨，見揚雄長楊賦，後為文士之代稱。

汝栢初稿

丁亥仲秋新安詞丈招飲市樓賦此以謝

陰陽幻變日相將秋色怡人向
晚涼又上高樓親雅範更陪
嘉士浴詩腸黃花喜共佳
時至白髮何隱濁世獨久
來操心疏筆硯懶儒編句
自壽常

栢廬初稿

目錄

乙篇

戊篇

《望雲窗韻稿選》序

馬顯慈兄的《望雲窗詩稿》及《望雲窗詩稿續編》相繼出版於二〇二二年及二〇二三年，前者錄詩三百六十多首，後者錄詩二百五十多首。現在顯慈兄又把前未發表的新舊詩作四百四十多首收集、選編出版，名爲《望雲窗韻稿選》，可見他的詩興持續不減，而從詩篇的數目，更可知道他詩思如潮，下筆快，有捷才，令詩思枯涸、苦吟難以成篇的作者，既羨慕而又佩服。

本書內容分爲五類：甲編文史類有詩一百二十多首，乙編文化類有詩四十多首，丙編軍政類有詩五十多首，丁編文學類有詩七十多首，戊編雜興體式多樣，共有一百四十多首。由甲篇至丁篇，主要爲七言律詩、五言古詩兩種體式，內容都是以人爲對象，然後再由人帶出相關的事，範圍涉及歷史文化、學術思想、藝術技能、政治軍功、教育文學等方面。這類詩都附有作者自注，供讀者參考。附注所提供的簡要資料，對不少讀者，應有增益知識的作用。戊篇雜興類有五言絕詩、三言體、四言體、三、五、七言長短句，也有擬古詞曲體，內容大多屬有所思、有所感、有所見、有所知，頗能顯示作者的情志和心境。如果讀者想對作者的思想、情感多所了解，就不要忽略這類篇章了。

綜觀顯慈兄已出版的兩部詩集，我們應可知道他的詩集都有一貫的撰作宗旨和表達風格。我以爲，本書也是這樣。現試在下面提出來談談，如有誤解或偏失，那是我的責任，與作者無關。

一、讀本書會有這樣的印象：作者重視中國歷史文化，對中國傳統思想、品德要求，更有傳承、弘揚的用心。許多詩句，固然有這方面的表白，附注中所提供的歷史、文化、技藝等資料，更與詩句相呼應，有深化詩意的作用。

二、提到國史中的人與事，無論褒貶，作者大多懷有溫情與敬意。由於下筆有溫情，有敬意，因此褒多貶少，偶有貶意，也只是溫和地表示不足，而非斥責。

三、每個人長期以來的生活經歷，總會有不少挫折、委屈，作者大抵也不能避免，因此詩中有時會有不平的表露。不過作者的出語、措詞或有所指，但並不尖刻、峻厲，這或許就是他的基本詩風。

四、本書所錄詩篇，內容質實，罕有泛語浮辭，但並不是不講究煉字、修辭。細味作者的詩句，可以感到他矜慎地通過文字，眞誠表達自己的思、感、見、知。

五、作者對古人、古事，固然常有懷舊之思，而在日常生活、對人、對事、對物、對景的感興中，也不時有懷舊之情。我的意見是，凡有懷舊思想的人，大多能不忘本，雖然在現實環境中，有人或許會對「不忘本」貶爲不切實際，不時尚，滯後！

上述意見，是一個讀者讀本書後的一些印象，無妨供其他讀者參考。不過，詩還是該由讀者自己直接去讀、去尋味。

李學銘　二〇二四年春　於新亞研究所（香港）

甲篇

黔婁

南山隱逸魯黔婁，質性純然道自修。五穀躬耕甘淡薄，四篇宏著論籌謀。
心無名利身無位，生不斜而死不憂。高士淵明曾撰詠，安貧守賤世清流。

註：黔婁，古之隱士，性高潔，不出仕，家貧，死時衾不蔽體。漢人劉向《列女傳．魯黔婁妻》所載，黔婁為春秋魯人。班固《漢書》及晉人皇甫謐《高士傳》所記，則是齊人。陶潛〈詠貧士〉：「安貧守賤者，自古有黔婁。好爵吾不榮，厚饋吾不酬。一旦壽命盡，弊服仍不周。豈不知其極，非道故無憂。從來將千載，未復見斯儔。朝與仁義生，夕死復何求。」〈五柳先生傳〉云：「黔婁之妻有言：不戚戚於貧賤，不汲汲於富貴。」唐人吳筠〈高士詠．黔婁先生〉：「黔婁蘊雅操，守約遺代華。淡然常有怡，與物固無瑕。哲妻配明德，既沒辯正邪。辭祿乃餘貴，表謚良可嘉。」

接輿

楚地陸通字接輿，天機内相道清虛。與妻甘苦遠名利，披髮佯狂棄仕途。
歌唱鳳兮譏孔聖，躬耕自足啗柑蘆。德衰仁義又何矣，神隱峨眉雲嶽居。

註：接輿，春秋楚國隱士。《論語．微子》：「楚狂接輿，歌而過孔子。」宋人邢昺疏：「接輿，楚人，姓陸名通，字接輿也。昭王時，政令無常，乃被髮佯狂不仕，時人謂之『楚狂』也。」漢人揚雄《法言．淵騫》：「欲去而恐罹害者也，箕子之洪範，接輿之歌鳳也哉。」道教「天府四相」之一，稱之為「天機内相」。

仲由

孔聖門人有子路，忠肝義膽志彌堅。平生伉直好長劍，負米養親至孝賢。
入室稍延緣性急，升堂趨步勇當先。片言折獄重誠信，美譽流芳千百年。

註：仲由，字子路，亦稱季路，魯國人，孔門十哲之一。《孔子家語》：「子路初見孔子，子曰：『汝何好樂？』對曰：『好長劍。』」《論語．先進》：「子曰：『由也升堂矣，未入於室也。』」《論語．顏淵》：「子曰：『片言可以折獄者，其由也與？』子路無宿諾。」

閔子騫

孔門名哲閔子騫，品行勤修學精淵。處世慎言言必中，侍親有道道心堅。
單衣順母憐弟輩，厚澤於人敬德賢。崇孝化民垂千古，五倫仁義百代延。

註：閔氏，名損，字子騫，東周春秋魯國人。孔門十哲之一，以德行修養著稱。《論語．先進》：「閔子騫曰：『仍舊貫，如之何？何必改作？』子曰：『夫人不言，言必有中。』」

顏回

復聖顏回未遇知，弘揚孔學德恆隨。安貧克己心光正，樂道修身志不移。
七十二賢居第一，三千弟子最優資。曲肱蔬食甘平淡，積善行仁萬世垂。

註：顏回，字子淵，又稱顏子、顏淵。春秋時魯國人，為孔子七十二門徒之首。元文宗至順二年封顏回為兗國復聖公，明嘉靖年間，罷其封爵，而稱為「復聖」。《明史·禮志》：「其四配稱復聖顏子、宗聖曾子、述聖子思子、亞聖孟子。」

端木賜

瑚璉之器業鏗巆，端木先生魯衛卿。時轉財資成鉅富，德賢通達善謀營。
高牆數仞譽夫子，守墓六年哀哲英。智勇請兵援困厄，千秋道統振名聲。

註：端木賜，字子貢，孔門十哲之一。《論語·公冶長》：「子貢問曰：『賜也何如？』子曰：『女器

也。』曰：『何器也？』曰：『瑚璉也。』」《論語・子張》：「叔孫武叔語大夫于朝曰：『子貢賢于仲尼。』子服景伯以告子貢。子貢曰：『譬之宮牆，賜之牆也及肩，窺見室家之好。夫子之牆數仞，不得其門而入，不見宗廟之美，百官之富。得其門者或寡矣！夫子之云，不亦宜乎？』」

公西赤

魯國公西乃傑奇，子華德厚最尊師。輕裘肥馬任卿相，束帶立朝通禮儀。
侍坐謙恭言己志，使齊請粟孝親慈。濮陽遺址今仍在，同與閔生享祭祠。

註：公西赤，字子華，魯國人。《論語・雍也》：「子華使於齊，冉子為其母請粟。子曰：『與之釜。』請益。曰：『與之庾。』冉子與之粟五秉。子曰：『赤之適齊也，乘肥馬，衣輕裘。吾聞之也，君子周急不繼富。』」《論語・公冶長》：「赤也，束帶立於朝，可與賓客言也。不知其仁也。」據云河南濮陽閔城村有二賢祠，供奉閔子騫、公西赤二聖賢。

惠施

亂世滔滔急濟民，惠施汲汲相梁臣。辨同與異大而小，爲魏聯齊楚抗秦。
十事昌明論名實，五車學富滿經綸。多方雄辯宋能士，諸子篇章有述陳。

註：惠施，又稱惠子，戰國宋人。漢人劉向《說苑》：「梁相死，惠子欲之梁，渡河而遽，墮水中，船人救之。船人曰：『子欲何之而遽也？』曰：『梁無相，吾欲往相之。』船人曰：『子居船楫之間而困，無我則子死矣，子何能相梁乎？』惠子曰：『子居船楫之間，則我不如子；至於安國家，全社稷，子之比我，濛濛如未視之狗耳。』」「十事」及「五車」見《莊子．天下篇》。《韓非子》、《荀子》、《呂氏春秋》等書，有述其人其事。

蔣詡

質性清廉非濁流，兗州刺史棄封侯。杜陵歸里浮雲遠，荊棘塞門野草幽。

嗟矣舍中三徑小，與之惟有二仲遊。元卿高士心如水，採菊躬耕志淡悠。

註：蔣詡，字元卿，京兆杜陵人。《漢書・兩龔傳》：「杜陵蔣詡元卿為兗州刺史，亦以廉直為名。王莽居攝，欽、詡皆以病免官，歸鄉里，臥不出戶，卒於家。」嵇康《高士傳》：「王莽為宰衡，詡奏事到灞上，稱病不進。歸杜陵，荊棘塞門，舍中三徑，終身不出。時人諺曰：『楚國二龔，不如杜陵蔣翁』。」《三輔決錄》卷一：「蔣詡歸鄉里，荊棘塞門。舍中有三徑，不出，惟求仲、羊仲從之遊。」詡，粵音許。

王符

王符節信漢高賢，庶出閑居無任遷。道統六經辭茂儷，廣交諸子學深研。

蜚聲百代潛夫論，和氣二元本訓篇。倡教豐民揚德義，文章練達世通傳。

註：王符，字節信，安定臨涇人。范曄《後漢書》本傳云：「好學，有志操，與馬融、竇章、張衡、崔瑗等友善。安定俗鄙庶孽，而符無外家，為鄉人所賤。自和、安之後，世務游宦，當塗者更相薦引，而

符獨耿介不同於俗，以此遂不得升進。志意蘊憤，乃隱居著書三十餘篇，以譏當時失得，不欲彰顯其名，故號曰《潛夫論》。」

應劭

末世風雲戰火煎，汝南應劭道儒先。漢官儀禮訂皇制，風俗傳聞通義編。

集解班書詳訓詁，上朝奏事議群賢。春秋斷獄正綱紀，惠澤生民德永延。

註：應劭，字仲瑗，東漢汝南汝頓人。司隸校尉應奉之子，司空掾應珣之兄。舉孝廉，任郎官，汝南主簿，又任營陵令、泰山太守等職。著有《漢官儀》、《風俗通義》、《漢書集解音義》、《春秋斷獄》等。

阮瑀

征討隨軍千里馳，陳留阮瑀學高奇。七哀身死成灰土，北郭門行悲棄遺。
鼓瑟撫弦精樂律，擬章表檄擅文辭。才思銳捷爲曹掾，名重如山天下知。

註：阮瑀，字元瑜，陳留尉氏人，東漢末文學家，建安七子之一。章表書記出色，曹操軍中書檄文字，多為於阮瑀手筆。名作有〈為曹公作書與孫權〉，詩有〈駕出北郭門行〉、〈詠史詩〉、〈七哀詩〉等。存詩十二首，有《阮元瑜集》輯本一卷。

應瑒

建安之世亂時逢，應氏德璉會傑雄。學問專精詩辭賦，家傳巨著風俗通。
入廷受任將軍府，擬策屬文霸業中。新構章臺高詠唱，五言韻調壯悲融。

註：應瑒，字德璉，汝南南頓人，建安七子之一。書香世家，長於辭賦，受任為丞相掾屬，後為將軍府文

學。伯父為東漢訓詁家應劭。文賦有數十篇，出名詩作有〈侍五官中郎將建章臺集詩〉，賦有〈靈河賦〉、〈愍驥賦〉、〈公宴賦〉等。明人輯有《應德璉集》。

劉楨

七子魁星享盛名，五言精善有劉楨。文章揚麗傲風骨，詩賦沈雄寓氣清。
鄙視強權抒屈志，橫空耿介不平鳴。情眞詠物刺時勢，壯闊胸懷逾海瀛。

註：劉楨，字公幹，東平寧陽人。東漢末年名士、詩人，「建安七子」之一。博學多才，思辯敏捷，風格雄勁，語言質樸。曹丕〈與吳質書〉稱許劉楨詩：「其五言詩之善者，妙絕時人。」鍾嶸《詩品》評劉楨詩：「仗氣愛奇，動多振絕。真骨凌霜，高風跨俗。但氣過其文，雕潤恨少。然自陳思已下，楨稱獨步。」

傅玄

文辭富艷傅休奕，學統家傳德不孤。疏請薦賢行教化，官遷封賜在鶉觚。
中丞表奏陳五事，持論高平志無渝。位列弗恭心激憤，退歸著撰詠秋胡。

註：傅玄，字休奕，北地泥陽人。三國時期文學家、思想家。泰始時，遷御史中丞，上疏陳農事得失、安邊等五事。著有〈艷歌行〉、〈苦相篇〉、〈秋胡行〉等。其人其事，見《晉書》本傳。

張翰

張翰傑才東曹掾，文章揚麗德崇虔。齊名傲世阮狂士，同道知音賀彥先。
事母尊親辭任去，思鱸心切放歸船。詩仙詠讚黃花句，彩筆風流五百年。

註：張翰，字季鷹，西晉吳郡吳縣人。留侯張良之後，官至大司馬東曹掾。縱任不拘，時人以魏時阮籍喻之，稱之「江東步兵」。鍾嶸《詩品》置之於中品，謂其詩（黃華之唱）「雖不具美，而文采高麗，

並得虯龍片甲，鳳凰一毛」。李白〈金陵送張十一再遊東吳〉云：「張翰黃花句，風流五百年。」今存詩六首，文三篇，清人嚴可均有輯錄。其人其事，詳見《晉書》本傳。賀循，字彥先，會稽名士，與張翰相知事，見《世說新語》。

陶侃

尋陽陶侃晉名將，文武兼精重禮儀。運甓於齋藏大志，待時委命領王師。
三司軍統平危亂，兩鎮荊州不拾遺。理事幾微而審慎，家傳道統教孫兒。

註：陶侃，字士衡，一作士行。原籍鄱陽郡鄱陽縣，後居廬江郡尋陽縣。《晉書．陶侃傳》：「侃在州無事，輒朝運百甓於齋外，暮運於齋內。人問其故，答曰：『吾方致力中原，過爾優逸，恐不堪事。』其勵志勤力，皆此類也。……（上表自云）『侃在軍四十一載，雄毅有權，明悟善決斷。自南陵迄于白帝數千里中，路不拾遺』。」有關其人事跡，詳見本傳。著有《陶侃集》二卷，已佚。

虞喜

晉世會稽虞仲寧，忠良嗣後耀門庭。博聞強識通精算，鑽邃研微探窈冥。
論創安天評異說，道弘仁義注孝經。屢推徵召不心動，質性清高譽永馨。

註：虞喜，字仲寧，晉世會稽人。東吳經學家虞翻之後。博學好古，精天文曆算。著《安天論》，釋《毛詩略》，注《孝經》，又撰《志林》等。《晉書．虞喜傳》：「虞喜，字仲寧，會稽餘姚人，光祿虞潭之族也。父察，吳徵虜將軍。喜少立操行，博學好古。諸葛恢臨郡，屈為功曹。察孝廉，州舉秀才，司徒闢，皆不就。」

孫綽

孫綽方家氣運昌，書文兼善性敦良。雄編喻道論儒佛，雅集蘭亭會謝王。
碧玉情人深婉曲，天臺山賦麗辭章。玄言詩詠新宗派，恬淡風騷大振揚。

註：孫綽，字興公，祖籍太原中都。善詩文，精書法，東晉玄言詩派重要作家。鍾嶸《詩品》評孫綽與許詢「彌善恬淡之詞」。永和九年，與王羲之、謝安、支遁等人會於蘭亭，被推舉撰〈蘭亭集詩跋〉。名作有〈遂初賦〉、〈遊天臺山賦〉、〈情人碧玉歌〉等，著論有《喻道論》、《老子贊》、《論語集解》等，輯有《孫廷尉集》。

庾袞

晉有鴻儒名庾袞，精勤樸儉厚仁心。孝親侍病無離棄，崇節同妻歸隱林。

蔬食躬耕不降志，教民以戰守高岑。絕塵安陋知時變，宗族鄉人皆敬欽。

註：庾袞，字叔褒，東晉潁川鄢陵人。少履勤儉，篤仁好學，事親至孝，聞名天下。命逢亂世，高義不仕。事蹟見《晉書》本傳及明人郭凝之《孝友傳》。《爾雅．釋詁》：「降，落也。」去聲。

何承天

精通數算何承天，經史辭章博覽專。啓奏君皇除舊制，元嘉曆法革新編。
纂文三卷綜蒼雅，禮論箋言未廣傳。閒雅琴棋修樂律，形神達性有批詮。

註：何承天，東海郯人，南朝宋代著名思想家、天文學家、音樂家、訓詁專家。博通經史，精律曆，曾上表奏請改行《元嘉曆》。仿《爾雅》例，著《纂文》三卷，括綜《蒼》、《雅》，纂取異訓。論文有〈達性論〉、〈與宗居士書〉、〈報應問〉等。其他專著有《禮論》、《分明士制》、《漏刻經》等。

裴駰

博識通儒德郁馨，裴駰學問耀辰星。精研史記成集解，匯納諸家延九經。
編撰全書卷八十，注箋論證引箴銘。兼收並蓄不偏執，張馬文雄承户庭。

註：裴駰，字龍駒，河東聞喜人。南朝史學家，與父裴松之、孫裴子野並稱「史學三裴」。有家學，博覽多識，官至南中郎將參軍。所著《史記集解》為現存最早《史記》注本。原書八十卷，隋、唐《經籍志》所錄相同。後有毛氏汲古閣刊本，將之析為一百三十卷。與唐世司馬貞《史記索隱》、張守節《史記正義》合稱「史記三家注」。

謝惠連

家系南朝宋世臣，惠連才量逾千鈞。秋懷感興藏深怨，雪賦新奇更絕倫。
康樂玄暉合三謝，歌謠綺麗第一人。銳思高調詞清雅，俊秀風華不俗塵。

註：謝惠連，祖籍陳郡陽夏，出生於會稽。與謝靈運、謝朓合稱「三謝」。鍾嶸《詩品》置之「中品」，評曰：「小謝才思富捷，恨其蘭玉夙凋，故長轡未騁。〈秋懷〉、〈擣衣〉之作，雖復靈運銳思，亦何以加焉。又工為綺麗歌謠，風人第一。」《隋書．經籍志》載有《謝惠連集》六卷，其人其事，見《宋書．謝方明傳》（謝方明，惠連父親）所附。謝惠連〈雪賦〉與南朝謝莊〈月賦〉同為短篇辭

賦，並稱於世。

周興嗣

散騎侍郎譽廣聞，宏才博識學憂勤。呈修殿奏百黃卷，奉敕撰編千字文。

纂構四言參五典，鋪陳雙句仿三墳。詞精韻暢具章法，興嗣功高德萬分。

註：周興嗣，字思纂，世居江南姑孰。南朝時，舉秀才，除桂陽郡丞，累官至員外散騎侍郎。專責宮廷皇室文書，參撰《皇帝實錄》、《皇德記》、《起居注》等百餘卷。梁武帝命周氏按王羲之作品所拓出文字，精編成〈千字文〉以便教授諸王子侄。

阮孝緒

品性淳良阮處士，五經通達學深淵。洞明世道遠名利，追仿神人慕聖虔。

博採圖書成七錄，傳揚後代及千年。鐘山救母歷艱險，得藥疴除孝感天。

註：阮孝緒，字士宗，陳留尉氏人。齊梁處士、目錄學家。著有《高隱傳》十卷、《七錄》十二卷。《廣弘明集》收有阮氏〈七錄．序〉，生平詳見《梁書》本傳。

何思澄

齊梁之世多奇傑，大道傳修有思澄。東海精英才邃博，廬山佳構勢崢嶸。
運逢天監撰遍略，釋奠詩章耀帝京。文集留存十五卷，詞工典雅旨清明。

註：何思澄，字元靜，東海郯人。梁朝天監時，受薦舉編撰《遍略》。〈遊廬山詩〉為沈約大力讚賞，命人將其詩題於新居壁上。又制〈釋奠詩〉，辭文典麗，為時人激賞。曾為黟縣令，後遷除宣惠武陵王中錄事參軍。存世文集十五卷。有關人事，詳見《梁書》本傳。

周顒

平仄精研周彥倫，四聲切韻世梁津。宏通空假三宗論，歷任宋齊兩朝臣。
拜佛誦經啗紫蓼，隱山築舍遠紅塵。清貧寡欲勤修習，淡食蔬齋道正淳。

註：周顒，字彥倫，汝南安城人。言辭婉麗，工隸書，善老莊、周易，精通佛學。著有〈宋明皇帝初造龍華誓願文〉、《三宗論》、《周易論》等，有《周顒集》存世。其人其事，詳見《南齊書》本傳，《隋書》、《舊唐書》、《新唐書》亦有略記。蓼，粵音了。

邢劭

北魏北齊文教宣，大儒邢劭善書箋。高華駢麗新宮賦，沈鬱蒼涼傷志篇。
情意兼該相和應，辭章用事自深堅。子昇並世名同列，德學雙馨兩卓賢。

註：邢劭，字子才，小字吉少，河間郡人，北魏、東魏、北齊時辭賦家、散文家。歷官驃騎將軍、攝國子

監祭酒、加特進等，擅長駢文，與溫子昇並稱為「溫邢」。名作有〈新宮賦〉、〈春日傷志篇〉、〈思公子〉等，有文集三十卷，輯存《邢特進集》。

溫子昇

北魏醇儒溫子昇，文思學殖有門庭。辭章藻麗同曹陸，典事豐華並魏邢。
枯樹無風寥寂寂，韓陵碑賦惜惺惺。千秋美譽長傳世，昌曲高懸永耀星。

註：溫子昇，字鵬舉，濟陰郡人。北魏名辭賦家，與魏收、邢劭名列北朝「三才」。《魏書・溫子昇傳》：「蕭衍使張皐寫子昇文筆，傳於江外。衍稱之曰：『曹植、陸機復生於北土。恨我辭人，數窮百六。』」唐人張鷟《朝野僉載》卷六：「梁庾信從南朝初至北方，文士多輕之。信將〈枯樹賦〉以示之，於後無敢言者。時溫子升作〈韓陵山寺碑〉，信讀而寫其本。南人問信曰：『北方文士何如？』信曰：『惟有韓陵山一片石堪共語。薛道衡、盧思道少解把筆，自餘驢鳴犬吠，聒耳而已。』」

魏收

世系華廷魏伯起，官遷特進氣弘恢。富言淫麗南狩賦，奉敕宣威擬聖裁。

編撰史書修五禮，名齊昇劭稱三才。典藏豐厚博今古，興振文壇駿業開。

註：魏收，字伯起，小名佛助，鉅鹿郡人。北魏、東魏、北齊大臣，文學家、史學家，北魏之驃騎大將軍魏子建之子。據《北齊書》本傳所載，魏收有文集七十卷。另著有《魏書》共一百二十四卷。其人其事，見《北史》本傳及《北齊書》之《補列傳》本傳。昇，溫子昇；劭，邢劭。

陽休之

休之學博富車輿，遍歷四朝高位居。孝武侍郎修國史，文宣吏部任尚書。

平明賞罰奢淫禁，嚴正公私惡患除。方志撰編論古韻，審音精細辨乖疏。

註：陽休之，字子烈，北平郡無終縣人。一生歷任魏、齊、周、隋四朝。為官有德政，惠澤百姓，論政平

和，君主器重。博通古今，文章典正不華。著有《文集》三十卷、《幽州人物誌》及《韻略》，均傳於世。有關其人其事，詳見《北齊書》本傳。

蕭該

系出南梁王裔承，蕭該家世自蘭陵。博通經傳研文選，論學宏辭邁上乘。訓解漢書注音義，助修切韻議刪增。功高賜爵無倫比，成就長存品譽馨。

註：蕭該，南梁鄱陽王蕭恢之孫，少封攸侯。好學不倦，通曉《詩》、《書》、《春秋》、《禮記》，尤精《漢書》。開皇初，賜爵山陰縣公，拜國子博士。撰有《漢書音義》及《文選音義》，曾參與陸法言《切韻》之編訂。有關典事，見《隋書．經籍志》及《切韻．序》。其人其事，詳見《隋書》本傳。

曹憲

隋唐曹憲博通賢，受詔皇廷德政宣。桂苑珠叢蒐眾説，古今字錄以圖編。
精修文選注音義，課講揚州業廣傳。許李公孫承絕學，宣弘道統百千年。

註：曹憲，隋唐揚州江都人。精通訓詁，奉煬帝編撰《桂苑珠叢》一百卷，又撰《博雅音》、《古今字圖雜錄》、《揚州記》、《文選音義》等。晚年於揚州文選樓講課授徒，許淹、李善、公孫羅等皆從其學，文選學至此大興。其人其事，《隋書》、《舊唐書》、《新唐書》皆有收錄。

杜台卿

杜氏台卿學養嘉，仕齊運轉任隋衙。經書講授奉朝請，雅道自居尚素華。
玉燭編成十二卷，論音同列六名家。法言韻序曾評述，地位崇尊堪讚誇。

註：杜台卿，字少山，博陵曲陽人。博覽多識，善屬文。曾仕齊奉朝請，任祭酒、著作郎、中書黃門侍郎

等職。周平齊後，歸鄉里講授《禮記》、《春秋》。隋時徵召入朝，撰《玉燭寶典》十二卷。按陸法言《切韻》序中所述，六朝時有呂靜、夏侯詠、周思言、陽休之、李季節、杜台卿六家，各有韻書專著。杜另有專集十五卷及《齊記》二十卷。

顏元孫

顏氏元孫學品俱，幼承祖訓道崇儒。精於墨翰草行隸，系出方家甄大夫。辭賦奏章皆儷善，琅邪望族享譽殊。定通正俗三標準，干祿字書百世模。

註：顏元孫，字聿修，京兆萬年人，祖籍琅邪臨沂。六朝文學家顏之推玄孫，隋唐名學者顏師古從孫。工詞賦章奏，擅草隸，名聞天下。顏元孫少時隨舅父甄仲容學書法，甄氏為唐朝書畫名家，曾任朝中大夫之職。《新唐書·藝文志》有錄其作《干祿字書》一卷，另有《顏元孫集》三十卷，已迭亡。

杜審言

必簡方家德道敦，將侯先祖大閭門。文章高古齊四友，詩律森嚴冠五言。
司戶參軍遭讖陷，神龍運蹇怒天尊。連番受挫意堅直，學統弘揚勵子孫。

註：杜審言，字必簡，祖籍襄陽，居洛陽鞏縣。西晉名將杜預後裔，詩聖杜甫之祖父。與李嶠、崔融、蘇味道並稱「文章四友」。於唐高宗咸亨元年進士及第，後任國子監主簿、修文館直學士。杜甫有詩稱許其祖，〈贈蜀僧閭丘師兄〉：「吾祖詩冠古，同年蒙主恩」。杜審言詩作類別豐富，有應制、邊塞送別、山水、傷懷等。著有《杜審言集》十卷，已佚不存。神龍，武曌年號。

賀知章

詠柳狀元精隸草，風流世代學深研。五雲門外千秋觀，一曲湖邊伴晚年。
狂傲吳中稱四士，興酣酒醉會八仙。瓊篇佳作存十九，文典參修功德全。

註：賀知章，字季真，晚年自號「秘書外監」，越州永興人。入朝修撰《六典》及《文纂》。晚年請為道士歸還鄉里，詔賜鏡湖剡川一曲，御製詩以贈行。有關人事，《舊唐書》、《新唐書》本傳皆有記載。

司馬貞

司馬大夫出李唐，潤州別駕令聞彰。克勤厚道好書傳，博採前賢勘典藏。
史記訂編撰索隱，補箋翔實勝裴張。完成巨著而身死，百代流芳德永揚。

註：司馬貞，字子正，河內郡人。唐朝史學家，任官至朝散大夫、國子博士及弘文館學士，開元潤州別駕。參考徐廣、裴駰、韋昭、賈逵等說，編撰《史記索隱》三十卷，補訂豐富翔實而具高度學術價值，享有高評。

張守節

德業清高張守節，師承嘉會大文尊。儒經考釋論深邃，史記精研學厚敦。
艱苦功隆成正義，雄篇貢獻異同門。三家並列輝千載，冊府元龜傳略存。

註：張守節，字子正，蘇州吳地人。與司馬貞同師侍碩學張嘉會，少習《詩》、《禮》，尤其精通《史記》。天寶時以高道徵拜東宮率府長史，兼諸皇侍讀，遷至太子右德諭。編撰《史記正義》四十卷，書中援引材料富足，其中以吳地實況尤其豐盛，對後世研究貢獻頗大。與司馬貞《史記索隱》之撰論不相同。《舊唐書》、《新唐書》皆無傳，北宋《冊府元龜》則有其生平事跡記述，可作參考。

張參

進仕開科在李唐，張參學博德昭彰。精通文字任司業，詳定五經講論堂。
大曆朱批書兩壁，繼而摹版刊成章。繆訛正體均明辨，百代高功譽煒煌。

註：張參，唐代宗時人。任佐司封郎，授國子司業。詳定《五經》，並書於講堂東西兩壁，後人據石刻摹印雕版，刊成《五經文字》三卷。顧炎武《日知錄》云：「張參《五經文字》，據《說文》、《字林》刊正繆失，甚有功於學者。」

李嘉祐

大唐進士李嘉祐，籍系趙州道所從。鐵篆陽冰乃族叔，謫仙太白是同宗。
才高御史遭遷任，步歷山關幾萬重。寂寂黃昏歸去晚，英風耿直固難容。

註：李嘉佑，字從一，趙州人氏。唐天寶登進士第，授秘書省正字。工詩，婉麗有齊、梁之風。耿直被貶，移為鄱陽宰，調江陰令，先後任台州、袁州刺史。有詩集一卷傳世。《新唐書·藝文志》有記述其人其事。冰，通凝。

司空曙

大曆年間登進士，司空才傑有鴻圖。沈吟佳句酬錢起，唱詠關情和獨孤。
耿介郎中謫江右，流連荒野充澤虞。劍南遙望京途渺，詩賦長歌入楚吳。

註：司空曙，字文初，一作文明，廣平人，唐朝進士。曾任官主簿，與獨孤及、錢起、盧綸等吟詠相和。流寓長沙，後貶謫於江右，又遷於劍南，官至虞部郎中。長於五律，詩風雅淡。《舊唐書》、《新唐書》皆無傳。按《新唐書．藝文志》所記有《司空曙詩集》二卷。

郎士元

補闕拾遺官任微，士元逢遇日斜暉。清新理致同錢起，雅秀玄閑近李頎。
五律歌行凝煉厚，七言古韻意幽霏。詩中有畫更堪妙，贈別情懷傷感欷。

註：郎士元，字君胄，中山人。善詩畫，進士第。安史亂時避走江南。後補渭南尉，歷任拾遺、補闕、校

書諸職，官至郢州刺史。與錢起齊名，世稱「錢郎」。其人其事，詳見《新唐書・藝文志》、宋人計有功編《唐詩紀事》。碩，粵音祈。

李頎

唐世李頎官運平，潁陽忍隱以詩鳴。渾雄七律意沈鬱，雋雅五言旨朗明。關塞魂飛悲且壯，笳聲觱觱徹而清。學兼修道談玄理，風範彪彪高譽評。

註：李頎，祖籍趙郡，居於河南潁陽。開元登進士，任新鄉縣尉，去官退歸，來往於洛陽、長安間，與王維、高適、王昌齡等有唱和。詩有五七言歌行，七律見長。《新唐書・藝文志》記有《李頎詩集》一卷。觱，粵音必。

戴叔倫

戴氏叔倫品學全，秘書正字志高懸。師承名碩蕭穎士，晚好禪修慕聖賢。
五律五言堪絕世，山南山北雪晴天。江鄉逢故三閭廟，深婉之風逮宋延。

註：戴叔倫，字幼公，潤州金壇人。曾受薦任秘書正字，又任東陽縣令、撫州刺史等職。《新唐書·戴叔倫傳》：「師事蕭穎士，為門人冠。……嗣曹王皋領湖南、江西，表在幕府。皋討李希烈，留叔倫領府事，試守撫州刺史。……遷容管經略使，綏徠夷落，威名流聞。其治清明仁恕，多方略，故所至稱最。」名作有〈江鄉逢故人偶集〉、〈三閭廟〉、〈調笑令·邊草〉等。

張志和

天寶紛時兵戚揚，志和建德業堂皇。高功擢任金吾衛，奉主還京弼李唐。
撰著玄眞仿莊列，漁歌首唱啟蘇黃。直言招貶南浦尉，退隱清修素願嘗。

註：張志和，字子同，初名龜齡，號玄真子，祖籍婺州金華。任翰林待詔、左金吾衛錄事參軍、南浦縣尉等職。著作有《玄真子》、《大易》及〈漁父詞〉五首，另有詩七首傳世。〈漁父詞〉又名〈漁歌子〉，宋人蘇軾、黃庭堅有擬作。詳見劉熙載《藝概》卷四。

裴度

大唐裴度德循良，魏博歸朝政令揚。平定淮西鎮四海，中興將相侍三皇。
深交唱和白居易，詩酒風流綠野堂。不詭其詞而自麗，東都賢集耀文昌。

註：裴度，字中立，河東聞喜人。中唐政治家、文學家。曾於元和年間出任魏博節度使，後統領諸將平定淮西之亂，歷穆宗、敬宗、文宗三朝。晚年退歸洛陽，官終中書令。曾於東都集賢里建府第，綠野堂乃裴度別墅名。文學主張「不詭其詞而詞自麗，不異其理而理自新」，見〈寄李翺書〉。《舊唐書》、《新唐書》皆有傳。

令狐楚

權重位高令狐楚，才思俊麗德聲馳。時逢朋黨諍牛李，政善親民捐己私。
四六駢文稱第一，三千降卒解邊危。白雲孺子精七絕，夢得樂天同和詩。

註：令狐楚，字殼士，自號白雲孺子，宜州華原人。貞元時進士，遷任華州刺史，拜河陽懷節度使，任中書侍郎，後為宰相。有關其人其事，詳見《舊唐書》、《新唐書》本傳。

段成式

臨淄碩學段成式，博採聽聞遍遠迢。諸事分門詳述著，酉陽雜俎更豐饒。
齊名溫李卅六體，故里興修七孔橋。功德無邊延百世，文章之冠喻英翹。

註：段成式，字柯古，臨淄鄒平人。唐代文學家、小說家。詩與李商隱、溫庭筠齊名，因段、李、溫均排行十六，詩風稱為「三十六體」。著有《酉陽雜俎》、《廬陵官下記》、《段太常語錄》等。其人其

事，《舊唐書》、《新唐書》皆有記述。

陳陶

失意科場氣不平，布衣無用別京城。高吟北塞歷邊遠，走遍南洲至海瀛。
垂晚清心求道術，洪州歸隱練丹精。全唐詩錄存兩卷，名作廣傳隴西行。

註：陳陶，字嵩伯，福建南平縣人。唐朝詩人，工樂府詩。曾遊學長安，後遊嶺南等地，晚年歸隱洪州。

陸龜蒙

科考求名心力頑，難堪失意運浮潺。吟情高古韻奇險，仕路衰頹鄉賦閑。
喻道精思蟹志說，箴銘宏旨馬當山。知交逸少常酬和，魯望詩文道不慳。

註：陸龜蒙，字魯望，自號天隨子、江湖散人，蘇州人氏，晚唐詩人。屢試不第，仕途不得意，後返田

園。注重作詩律韻，與皮日休有唱和。〈蟹志〉、〈馬當山銘〉為構意獨特小品散文。詩作甚豐，傳世有六百多首，收錄於《松陵集》。小品散文收於《笠澤叢書》。逸少，皮日休別號。

皮日休

高華質樸志難伸，才筆縱橫不染塵。間氣布衣心爽直，咸通進士命清貧。
汴河懷古傷時世，春夕酒醒立意新。好與龜蒙鬥詩韻，醉吟酬唱展經綸。

註：皮日休，字襲美，號逸少，居襄陽鹿門山，自號鹿門子、閒氣布衣、醉吟先生，復州竟陵人，晚唐詩人。咸通年間進士及第，任蘇州從事、著作佐郎、太常博士、毗陵副使。〈汴河懷古〉二首及〈春夕酒醒〉皆為名作。遺世有《皮日休集》、《皮子》、《皮氏鹿門家鈔》等。醒，有平仄二讀，本句作平聲。

邢昺

九經及第宋邢昺，國子監丞講學尊。周易公羊明訓解，詩書爾雅論敦溫。
道崇儒統善天下，德領群賢譽滿門。義理貫通揚教化，春風沂水樂齋軒。

註：邢昺，字叔明，曹州濟陰人，北宋學者、經學家、訓詁學家。曾在東宮及內庭，侍上講《孝經》、《禮記》、《論語》、《左氏傳》等儒家經典，受詔與學者杜鎬、舒雅、孫奭、李慕清、崔偓牷等校定《周禮》、《儀禮》、《論語》、《爾雅義疏》等。有關人事，詳見《宋史》本傳。

李鼎祚

高學方家李鼎祚，生逢亂世戰頻煩。救危獻奏平胡論，進議籌謀拒逆藩。
周易精研著集解，連珠明鏡訓崇尊。任中功少心無罣，新舊唐書不傳存。

註：李鼎祚，資州磐石人。約生於唐朝中後期，歷唐玄宗、肅宗、代宗三代。唐玄宗幸蜀，獻〈平胡論〉

以討逆賊。著有《連珠明鏡式經》、《周易集解》，曾任右拾遺、秘書省著作郎、殿中侍御史。《舊唐書》、《新唐書》均無傳，《輿地紀勝・資州景物下・四賢堂》註云：「在郡治繪王褒、范崇凱、李鼎祚、董鈞像。」可追溯其人事跡。傳，仄聲，名詞。

鹿虔扆

花間集有鹿虔扆，後蜀英才逢亂衰。月暗露侵餘落葉，晚涼天淨獨傷悲。
詞風婉約近文靖，韻興閨幽寓怨思。傑作遺今存六闋，深情苦語可探知。

註：鹿虔扆，五代詞人，生卒年、籍貫、字號不詳。後蜀進士，累官學士、永泰軍節度使、進檢校太尉、加太保。《花間集》收其詞共六首，清人陳廷焯《白雨齋詞話》評其詞〈臨江仙・金鎖重門荒院靜〉云：「深情苦語，有黍離麥秀之思。」清人吳仕臣撰《十國春秋》，卷五十六略有記述其人事。扆，《集韻》於希切，音衣。粵音平聲。《平水韻》則見上聲四紙韻。韋莊，謚號文靖。

顧敻

倚聲婉約顧敻延，兩蜀興亡境遇遷。氣格清疏而麗密，詞風悱惻亦纏綿。
天涯離恨向誰問，難訴衷情苦自咽。質直入神傷透骨，花間葉下淚悲漣。

註：顧敻，字瓊之，五代詞人，歷前蜀、後蜀兩朝，生卒年、籍貫不詳。《花間集》收錄顧敻詞作五十五首。顧氏〈河傳·棹舉船去〉詞云：「天涯離恨江聲咽，啼猿切，此意向誰說？」

孫奭

師承王徹道相銜，孫奭弘揚學德咸。孟子精研編纂疏，九經及第任國監。
翰林侍講言忠直，禮部尚書志不凡。無逸圖呈皇御閣，深誠規勸力擔摻。

註：孫奭，字宗古，博州博平人。博讀經書，九經及第。國子監為直講，為諸王侍讀，累官至龍圖閣待制。後選為翰林侍講學士，判國子監，遷兵部侍郎、龍圖閣學士、禮部尚書。曾書〈無逸圖〉呈獻仁

宗，以便於講讀閣中參閱。著有《律文音義》、《爾雅釋文》、《孟子正義》等。《宋史》有傳。

蘇舜欽

蘇氏舜欽志不休，半生宦海歷沉浮。詩文正道承韓白，學論深交有范歐。

悲愴七言慶州敗，幽淒絕句淮犢頭。滄浪亭下怡情性，雅淡閒居輕放舟。

註：蘇舜欽，字子美，樟州銅山縣人。景祐進士，歷任大理評事、集賢殿校理等職位，曾參慶曆新政，罷職閒居蘇州，修建滄浪亭。著有《蘇舜欽集》。〈慶州敗〉為古體詩，全首三十四句，首兩句為五言，其餘皆七言。〈淮中晚泊犢頭〉為七言絕句。滄浪，浪字讀平聲。

蔡襄

宏興構築力擔挑，惠澤民生美政昭。獅子含珠祥瑞氣，泉州跨海萬安橋。

研茶督製精書法，夾道植松沃蔭饒。上疏忠誠詩懇直，蔡襄崇德不奢驕。

註：蔡襄，字君謨，興化軍仙遊縣人。北宋仁宗時進士，曾任諫官，以直言著稱。歷任泉州、福州等知縣。主建萬安橋，橋上有石獅雕飾。倡植樹於福、漳兩州驛道，又倡製茶。工書法，善詩文，有《蔡忠惠公文集》傳世。有關其人其事，詳見《宋史》。

陳希亮

爲官剛直陳希亮，受命皇廷志不搖。威責奸巫嚴整治，疏通汴水建飛橋。持家廉正重慈孝，處事公平譽播遙。老去還鄉修集撰，一門五傑德彰昭。

註：陳希亮，字公弼，先祖為京兆人，後遷居眉州，任大理評事、長沙知縣、鄠縣知縣等職。為人耿直，辦公嚴正，建「飛橋」有功，受宋帝讚賞。《宋史》稱陳希亮「為政嚴而不殘，不愧為清官良史」。兒子女婿皆為進士，有「一門五進士」之美稱。著有《陳希亮文集》十卷。有關事跡，詳見《宋史》及蘇軾〈陳公弼傳〉。

侍其良器

北宋祐元百業勤，侍其良器建功勳。仿編經典四言句，擬續前朝千字文。
類比鋪排分兩節，鏗鏘音律勢千軍。聯邊列錦藏雙疊，後出轉精妙絕群。

註：侍其良器，複姓侍其，名瑋，字良器，宋代長洲人。仁宗皇佑元年進士，官至朝散大夫，知池州軍事。著《續千字文》用字與《千字文》不同，所用字無一重複，通篇多用駢句，亦重視音韻格律及修辭技巧，文藝價值頗高。

魏玩

北宋文壇有女才，詩詞皆擅藝兼賅。雁魚傳寄相思意，鶼鰈情深闊別哀。
掩映斜陽飛柳絮，夢回明月盼春來。易安小令同風韻，閨閣體裁並展開。

註：魏玩，又名魏芷，人稱魏夫人，字玉汝，一作玉如，襄陽鄧城人。嫁曾布為妻，曾布為朝中宰相，魏

玩受封為魯國夫人。著有《魏夫人集》，寫閨情閨名及吟詠景物，今存詩作一首，詞十四闋。朱熹《朱子語類》卷一百四十云：「本朝婦人能文，只有李易安與魏夫人。」

呂大臨

橫渠學問博精深，程氏門生呂大臨。三禮專修評典制，六經通達論良箴。
虛明純一存天道，持正了無即我心。考古圖收千百物，銘銅摹拓亦珍琳。

註：呂大臨，字與叔，自號芸閣，汲郡人。北宋哲學家、金石學家。著《考古圖》，對器物有摹繪及詳細考釋，是一本具系統性之古器物圖錄。其他論著有《禮記解》、《易章句》、《論語解》等。

張有

張有工書篆更專，出家不仕意心堅。精研石鼓兼彝鼎，參證說文復古編。

論辨正訛分六類，謹嚴精密盡周全。四聲排次便窺檢，清世蘇齋序贊焉。

註：張有，字謙中，吳興湖州人，不仕，出家為道士。工小篆，精研石鼓、秦漢鼎彝。著《復古編》，凡二卷，《附錄》一卷，為正王安石《字說》而作。下卷有附錄辨證六篇，剖析毫釐，甚見精密。清人翁方綱撰有〈重刻張吳興復古編序〉，翁方綱，晚號蘇齋。

葉夢得

世代宗臣葉夢得，蘇門學系列前班。詩詞婉麗精深厚，經義研修批謗訕。秋色淡然飄落葉，石林燕語遣餘閑。抗金論策終難用，退隱高吟於弁山。

註：葉夢得，字少蘊，蘇州長洲人州。北宋進士，任翰林學士、戶部尚書等職。晚年隱居湖州弁山玲瓏山石林，自號石林居士。著有《石林燕語》、《石林詩詞》、《紬書閣記》等。

黃伯思

進士登科候賜緋，參軍學博任京畿。編修六典管箋奏，批覽九經勘據依。
法帖刊行訂訛誤，諸書齊列辨是非。燕几圖冊新開創，器物今存更罕稀。

註：黃伯思，字長睿，別字霄賓，號雲林子，邵武人。北宋書法家、書學理論家，曾任詳定《九域圖志》所編修官兼任《六典》檢閱文字。善寫書法，篆、隸、正、行、草皆精。著有《法帖刊誤》、《博古圖說》、《燕几圖》等。《宋史》有傳。

陳與義

學統淵深陳與義，詳修書傳訂差訛。三宗承古延風韻，八俊洛中揚楚波。
七律沉雄崇老杜，倚聲豪放近東坡。簡齋心法寓禪理，百煉千錘細琢磨。

註：陳與義，字去非，號簡齋，其先祖居京兆，曾祖陳希亮遷入洛陽。詩詞皆善，著有《簡齋集》。有關

生平事跡，詳見《宋史》本傳。宋人方回《瀛奎律髓》：「余平生持所見，以老杜為祖，老杜同時諸人，皆可伯仲。宋以後，山谷一也。後山二也。簡齋為三。」宋人樓鑰《攻媿集》：「承平時，洛中有八俊。陳簡齋詩俊，巖壑詞俊，富季申文俊，皆一時奇才也。」（案：詞俊，朱敦儒，字希真，號巖壑。文俊，富直柔，字季申。）

洪興祖

豐腴碩學洪興祖，上疏諫君眞卓賢。正字秘書遷博士，昭州管卒及餘年。
楚辭補注詳稽考，周易老莊旨要詮。德政竟遭奸譖害，丹陽墳址泣哀鵑。

註：洪興祖，字慶善，號練塘，丹陽人。南宋進士，召試秘書省正字，後遷太常博士。因忤秦檜被貶昭州，卒於任，墓葬丹陽古鄉村，後追贈敷文閣學士。著有《楚辭補注》、《老莊本旨》、《周易通義》等。

吳棫

博覽群經吳才老，泉州講學德高崇。精分古韻爲九部，綜合析音乃先鋒。
深究尚書辨眞僞，續修論語解故通。詩騷史志及文字，述著兼該聲譽隆。

註：吳棫，字才老，南宋建安人，祖籍同安。曾任泉州通判，博通古學，一時學者雲集。精於音韻、訓詁，首創分古韻為九類。清人閻若璩《尚書古文疏證》卷八云：「疑古文自吳才老始。」述著頗豐，有《韻補》、《毛詩協韻補音》、《楚辭釋音》、《書稗傳》、《論語續解》等。鋒，借冬韻。

洪適

盤州德義揚四海，博學鴻詞有三洪。氣度恢弘風古雅，名登榜眼志高崇。
漁家傲引擬新構，連月聯章妙不同。金石精研善漢隸，銀條魚賦亦文雄。

註：洪適，原名造，後更名適，字景伯，又字溫伯、景溫，號盤州。晚居盤州，自號盤州老人，饒州鄱陽

人。父洪皓，任禮部尚書等高職，封魏國忠宣公，享有盛名。洪適與弟洪遵、洪邁先後同中博學鴻詞科，有「三洪」之稱。精通金石，書法尤好隸體。著作甚豐，詩文論著亦多，〈漁家傲引〉、〈銀條魚賦〉皆有名。《宋史》本傳評曰：「適以文學聞望。」今存《盤州文集》，詞作有《盤州樂章》，另有《隸釋》、《隸續》等。

薛尚功

南宋錢塘薛尚功，判官廳事政和融。好研款識鼎彝器，深究文辭金石中。
稽考周詳千百代，辨明正俗古今通。修編篆韻凡七卷，刊本將行逸以終。

註：薛尚功，字用敏，浙江錢塘人，南宋金石學家。紹興時，以通直郎簽定江軍節度判官廳事。精通篆籀，好研鐘鼎文字，段玉裁《經韻樓集》評其對校定古書有功。著有《歷代鐘鼎彝器款識法帖》二十卷，另有《廣鐘鼎篆韻》七卷，已佚。

劉過

盧陵世系劉改之，叔儗同稱二布衣。客遇知音詠雪賦，贈金侍母遺舟歸。
豪情送酒千杯少，氣格渾雄孤鶴飛。狂逸悲懷多感恨，龍洲韻寄映朝暉。

註：劉過，字改之，號龍洲道人，南宋詩詞作家。與劉仙倫（字叔儗）合稱「廬陵二布衣」。屢試不第，漫遊江、浙等地，與陸游、陳亮、辛棄疾等交遊。劉熙載《藝概》評之，云：「狂逸之中，自饒俊致，雖沉著不及稼軒，足以自成一家。」（見卷四）工於詩，古體、律詩兼備，多悲壯之思。有《龍洲集》、《龍洲詞》、《龍洲道人詩集》。《宋史》無傳，生平事蹟，見於宋人筆記。儗，粵音以，仄聲。之，粵音與「衣」押韻。

王若虛

承安進士學高顛，王氏若虛道繼傳。應奉翰林使西夏，詔修實錄正大年。

論詩曉暢崇蘇白，讀史辨疑諍馬遷。敵勢迫臨難自已，洪流急退返園田。

註：王若虛，字從之，號慵夫，入元自稱滹南遺老。章宗承安進士，管城、門山縣令，有善政。大安元年為國史院編修官，又遷應奉翰林文字，奉使西夏。正大年間，修《宣宗實錄》，書成遷平涼府判官。金亡，北歸隱居鄉里。著有《滹南遺老集》、《慵夫集》。

劉克莊

末世雄材文質彬，克莊高學振江濱。詩風奇詭崇韓李，韻調沈雄繼陸辛。

書事連章傷故國，冶城斷鏃惜悲陳。分門纂類千家選，唐宋瓊篇匯傑倫。

註：劉克莊，初名灼，字潛夫，號後村，莆田人。南宋豪放派詞人、江湖詩派詩人、文章學家、詩論專家。兼擅詩、文、詞，詩之影響較大，有四千多首傳世。詩作以〈書事二首〉、〈冶城〉、〈感昔二首〉較出名。著有《後村別調》、《後村長短句》、《分門纂類唐宋時賢千家詩選》等。

劉淵

平水劉淵學博精，輯修鉅典志宏誠。四聲精審辨音調，禮部刻刊相繼成。
綜合韻分一零七，古今舉要存目名。應科賦詠均參照，貢獻高崇譽滿盈。

註：劉淵，宋金時平水人，生平事待考。精編《壬子新刻禮部韻略》，將《廣韻》二〇六韻合訂為一〇七韻，為官方認可之詩韻標準。此書已佚，元人黃公紹、熊忠編《古今韻會舉要》有保留其韻目，後人謂「平水韻」即此。

戴侗

南宋戴侗學飽諳，深研許篆典詳參。金碑石刻兼彧體，古語方言並諺譚。
釋字內容分九部，六書故稿卷卅三。因聲求義導先路，後世鴻儒承論酣。

註：戴侗，字仲達，浙江永嘉人。南宋淳祐進士，任國子監主簿知台州，後遷軍器少監。著有《六書

故》，共三十三卷，分數、天文、地理、人、動物、植物、工事、雜、疑九部，細目四百七十九個，每部按「六書」排列分析。其他著作有《六書通釋》、《易書家說》、《四書家說》等。

金履祥

生逢兵亂宋元際，學論精深金履祥。經史百家無不曉，程朱一脈繼傳揚。

攻虛謀策救家國，穿郡解圍繞海航。可恨人微難受用，仁山隱退課堂庠。

註：金履祥，字吉父，號次農，自號桐陽叔子，蘭溪桐山人。受學於王柏、何基，源於宋學程朱門戶，精曉天文、地形、陰陽、諸子百家之學。元攻襄樊，曾獻策朝廷，以重兵自海道趨燕、薊，但不為採用。宋亡，退隱金華仁山，講學著書。其人其事，詳見《元史》本傳。

劉辰翁

須溪博學劉辰翁，末世豪雄志不窮。受薦感恩江萬里，平生肝膽酒千鍾。
百家評點丹心淚，一士傷懷寶鼎中。亡國退歸培後進，風襟沈鬱節高崇。

註：劉辰翁，字會孟，別號須溪，又自號須溪居士、須溪農、小耐。廬陵灌溪人。登進士第，請任為濂溪書院山長。後應江萬里入福建當司幕，再轉中書省架閣庫任事。宋亡後，回鄉隱居，講學著書終老。著有《須溪四景詩集》、《須溪記鈔》等。劉詞作有〈寶鼎現〉，自題「丁酉元夕」。

楊朝英

朝英高士不虛誇，退隱淡齋學滿奢。樂府新編元散曲，陽春白雪集名家。
文辭瀟灑偏奇巧，碧海珊瑚獨秀華。輯錄豐功傳後世，餘輝溫煦映紅霞。

註：楊朝英，字英甫，號淡齋。曾任郎中，後來罷官歸隱，與貫雲石交好唱和。編《陽春白雪》、《太平

樂府》兩輯散曲集。元人楊維楨〈周月湖今樂府序〉：「士大夫以今樂府鳴者，奇巧莫如關漢卿、庾吉甫、楊淡齋、盧疏齋。」明人朱權《太和正音譜》評其詞「如碧海珊瑚」。

吳澄

宋元之際有吳澄，高志雄才亂世鳴。論易文辭箋十翼，研經微旨師二程。

編修實錄翰林士，詔授侍郎國監丞。道統弘張心性說，文章義理業開榮。

註：吳澄，字幼清，晚字伯清，臨川郡崇仁縣人。宋末元初學者，精理學、經學及史學。師事宋儒程若庸、程紹開，精研理學、易學。宋亡，潛心著述，人稱「草廬先生」。元武宗元年，受薦任國子監丞。之後任翰林學士、經筵講官，奉敕修《英宗實錄》。晚年修成巨著《五經纂言》。輯著有《吳文正集》。生平事詳見《元史》本傳。

徐再思

甜齋樂府蘊幽芬，境界高奇心力耘。渺渺傷春空寂夜，悠悠待月淨清氛。
荊山一片玲瓏玉，羇旅十年漂泊雲。詠史興亡深感觸，酣沈餘韻越儕群。

註：徐再思，字德可，浙江嘉興人。鍾嗣成《錄鬼簿》謂徐氏「好食甘飴，故號甜齋，有樂府行於世」，又云其曾任嘉興路吏，「為人聰敏秀麗……交游高上文章士」。吳梅《顧曲麈談》評其作云：「語語俊，字字艷，真可壓倒群英，奚止為一時之冠。」

貫雲石

酸齋樂府貫雲石，品格精奇學識淵。武勇文修才氣邁，曲豪詞壯古風延。
賦詩對換蘆花被，邀飲酬吟虎跑泉。上疏萬言忠不用，辭官賣藥渡歸船。

註：貫雲石，字浮岑，號酸齋，另有成齋、疏仙、蘆花道人等別號。詩、詞、曲、書、畫皆精擅。明人王

世貞〈曲藻序〉云：「諸君如貫酸齋、馬東籬、王實甫、關漢卿、張可久、喬夢符、鄭德輝、宮大用、白仁甫輩，咸富才情，兼善聲律，以故遂擅一代之長。所謂『採詞元曲』，殆不虛也。」有關生平及「蘆花被」典事，詳見《元史》本傳。「虎跑泉」事則見明人李開先《詞謔》。

胡天游

乘龍述志勢雲驤，博學高才遭變殃。兵燹災荒時荏苒，心清道正德芬芳。

詩風豪邁媲虞趙，山隱躬耕效陶王。古樹蕭蕭紅日暮，傲軒吟稿黯離殤。

註：胡天游，名乘龍，自號松竹主人，又號傲軒。湖南平江縣人。元時隱居山林，躬耕自足，少年時撰〈述志賦〉。著有《傲軒吟稿》，分八大類。清《四庫全書》有收其詩集，〈提要〉云：「謹案《傲軒吟稿》一卷。當元季之亂，隱居不仕。邑人艾科為作傳，其集兵燹之餘，僅存十一。傳稱其七歲能詩，已具作者風力，名藉藉一世，視伯生、子昂，不輸一籌。」虞集，字伯生；趙孟頫，字子昂，皆元初有名文人。

楊維楨

維楨進士抱遺叟，碩學逢時已暮遲。書法楷行堪老辣，鐵涯詩賦寄蒼悲。
退居亂世終焉志，嘯傲東軒翰墨奇。題句莪山一指峽，存今巨石莫能移。

註：楊維楨，楨又作禎，字廉夫，號鐵涯，又號鐵笛道人、抱遺叟、老鐵貞、梅花道人，浙江會稽人。元泰定時進士，署天台尹，江西儒學提舉，晚年退居松江。詩風雄奇，號稱「鐵涯體」。善書法，今存手書自序及七律〈宴嘯傲東軒詩〉書法一幅。曾於浙江名勝一指峽谷題句「一指石可動，萬夫莫能移」。（見《嚴州府山川考·一指石》）

周伯琦

宣文閣寶氣堂皇，周氏伯琦藝業昌。碑帖臨摹師聖統，篆行精煉法徐張。
六書深究溯原本，古字正訛斟酌量。依韻鋪排便檢索，析形解義考研詳。

註：周伯琦，字伯溫，饒州人。元朝時曾任南海縣主簿，後遷翰林院修撰。修習徐鉉、張有書法，又善摹王羲之《蘭亭序》、智永《千字文》，篆隸行楷均精擅，曾奉元順帝命用篆書題扁「宣文閣寶」。著有《六書正譌》、《說文字原》、《近光集》等。

危素

學問精勤志不欺，金溪危素道心隨。弘修三史述時變，博覽五經辨古疑。爾雅深研撰略義，草廬年譜記先師。工詩擅曲高才藝，存世碑書百代儀。

註：危素，字太樸，號雲林，撫州金溪人。唐朝撫州刺史危全諷之後人，元末明初史學家、文學家、詩文專家，亦有雜劇編著。著有文集五十卷、奏議二卷、《宋史稿》、《元史稿》及《爾雅略義》均已散佚。存世有詩集《雲林集》、《說學齋稿》。《草廬年譜》乃記述其師吳澄之生平。個人生平事蹟，詳見《說學齋稿》附錄宋濂〈危公新墓碑銘〉及《明史》。

楊慎

楊慎宏辭論諫呈，深耕學博撰修明。陶情樂府綜南北，轉注古音分濁清。

野史經文詳考證，墨池書畫細研評。怒君遭貶三十載，與造物遊孤鶴鳴。

註：楊慎，字用修，初號月溪、升庵，又號逸史氏、博南山人等。四川新都人，祖籍廬陵。與解縉、徐渭並稱「明代三才子」。明朝文學家、考究、史學專家。嘉靖年間因「大禮議」事而觸怒世宗，謫戍雲南，終老於永昌。《明史》本傳云：「明世記誦之博，著作之富，推慎為第一。詩文外，雜著至一百餘種，並行於世。」著有《南詔野史》、《轉注古音略》、《廿一史彈詞》、《墨池瑣錄》等，後輯為《升庵集》。

梁辰魚

任俠好文善曲科，仇池外史藝精磨。江南名重浣紗記，雜劇編承吳越歌。

工美辭腔紅線女，湛深意境白苧莎。崑聲新調爭相唱，風靡明清譽賞多。

註：梁辰魚，字伯龍，號少白、仇池外史。以《紅線女》、《浣紗記》、《江東白苧》諸作，名聞當世。此外，又改進崑腔，影響深遠。苧，粵音柱，仄聲。莎，粵音疏。

焦竑

群書博讀志飛騰，德學崇尊力振興。一士藏收百萬卷，五楹俱滿兩樓層。

校讎精細勘前誤，評點成林啓後承。編纂指南兼類目，功高長耀世明燈。

註：焦竑，字弱侯，號漪園、澹園，生於江寧，祖籍山東日照。博覽群書、嚴謹治學，尤精文史、哲學。《明史．焦竑傳》：「（焦竑）博極群書，自經史至稗官，無不淹貫，善為古文，典正訓雅，卓然名家。」明人祈承㸁《澹生堂藏書訓》：「金陵焦太史弱侯，藏書兩樓，五楹俱滿。余所目睹，而一一皆經校讎探討。」著作甚豐，有《澹園集》、《國史經籍志》、《老子翼》等。

沈璟

吳江詞隱藝超群，沈璟英才心力勤。修撰九宮十三調，弘編八曲四六文。
辭章疊句兼連韻，音律鏗鏘劇萬分。義俠紅蕖埋劍記，詳描人事述奇聞。

註：沈璟，字伯英、聃和，號寧庵，別號詞隱生，明朝吳江人。有名戲曲家、曲論家，吳江格律派代表人物。劇作好用四六句。名作有《紅蕖記》、《埋劍記》、《十孝記》等。今存《義俠記》、《桃符記》、《墜釵記》、《博笑記》四種。

江盈科

公安文論延晚明，江氏盈科繼爭鳴。官任三吳紓役賦，政通六載有名聲。
元神活潑抒眞性，體物淵深察世情。筆調詼諧藏妙理，雪濤閣集享高評。

註：江盈科，字進之，號綠蘿山人，湖南桃源人。晚明進士，歷任長洲縣令、戶部員外郎、四川提學副

使。宗公安派詩文理論，主靈性之說。江氏於〈白蘇齋冊子引〉提及「元神活潑，則抒為文章、激為氣節、洩為名理、豎為勛猷，無之非是」，指出為文應寫真性情。著有《雪濤閣集》、《雪濤詩評》、《諧史》等。

趙宧光

趙氏宧光宋裔延，王侯一脈德南宣。六書釋義依班次，五硯齋藏珍寶傳。
篆學指南研刻藝，說文解字作長箋。工詩擅畫精稽古，疏證周詳啓後賢。

註：趙宧光，字凡夫，一字水臣，號廣平，又號寒山樑鴻、寒山長。南直隸太倉人，為宋室趙氏之後，於吳郡太倉具深厚文化影響力。好藏書稽古，精六書，工詩文，擅書法，家族多出名賢者。趙妻陸卿工詩善書，子趙均能篆，其妻文淑乃文徵明玄孫女，精繪畫。著有《篆學指南》、《說文長箋》、《寒山蔓草》等。

高攀龍

景逸先生志壯雄，經綸飽滿學腴豐。東林課講議朝政，光祿鋤奸護鼎宮。
天地一心循正道，靜修五可候清風。痛憎閹黨來誣蔑，投水自沉節義終。

註：高攀龍，字存之，又字雲從，南直隸無錫人，世稱「景逸先生」。《明季北略．卷二．高攀龍傳》：「歸與涇陽修東林書院，集吳越士會其中，一依白鹿洞舊規，每會拈出大旨互證，要歸於端居主靜。」高氏自築水居及可樓讀書靜修，其〈可樓記〉云：「可以被風之爽，可以負日之暄，可以賓月之來而餞其往，優哉游哉，可以卒歲矣……取其可以寄吾之意而止。」今於無錫金城西路以南、蠡湖大橋東側，建有五可樓及高攀龍紀念館。存世有《高子遺書》。

黃道周

通曉百家學湛深，石齋博藝道崇欽。諫言犯主降三等，亮節孤忠表寸心。

清德堅持不畏死，天峰獨愛罕知音。仙霞關口抗蠻虜，就義千秋浩氣森。

註：黃道周，字幼玄，一作幼平，或幼元，又字螭若、螭平，號石齋，世稱石齋先生。明末大臣、儒道學者，天文、地理、書畫、詩詞皆精。著作甚豐，有《儒行集傳》、《石齋集》、《易象正義》等。

宋應星

耿直忠虔志意堅，應星博識學深專。千秋遇合眞奇事，一士傷懷野議宣。
本末尋源諸序列，天工開物百科編。敢於反詰批時策，論氣思憐有述詮。

註：宋應星，字長庚，江西奉新縣人。《天工開物》共三卷，十八篇，是一部關於農業及手工業巨著，此外有《野議》、《思憐詩》、《論氣》等，對學術及政論發展有重要啟示。

李漁

李漁身處地天昏，退隱孟湖夏李村。品曲評詩研劇作，輯書藏畫道崇尊。

閒情偶寄百科備，文藝精修芥子園。建壩蘭溪農困解，引流灌溉自溝源。

註：李漁，原名仙侶，字謫凡，號天徒，後改名漁，號笠翁，別號笠道人、隨庵主人、湖上笠翁等。金華蘭溪人。明末時曾為金華府庠學生。清世時，無意出仕，專著劇曲，後移居金陵，築「芥子園」自居，編刻書籍為生。著作有《閒情偶寄》、《笠翁十種曲》、《笠翁一家言》等。《光緒蘭溪縣誌》：「昔漁嘗於夏李村間鑿溝引水，環繞里址，至今大得其水利。」

方以智

明末桐城方以智，龍眠愚者志沖霄。通機質測論科學，藥地炮莊研治療。

融會中西歸三教，渾元天地合一朝。不虛生而不浪死，舟載灘頭逝逍遙。

註：方以智，字密之，別號龍眠愚者，出家後改名大智，字無可，別號弘智，安慶府桐城人。家學淵深，倡中西結合，儒、釋、道三教歸一。一生著述甚豐，內容涉及文、史、哲、地、醫藥、物理。重要著作有《物理小識》、《藥地炮莊》、《東西均》、《切韻源流》等。

湯斌

侍講翰林湯孔伯，總裁明史議儕倫。廣推教育施仁政，整飭民風及遠濱。
深究程朱論天理，弘揚洛學斥鬼神。潛庵增訓春秋注，書畫精修藏貴珍。

註：湯斌，字孔伯，號荊峴，晚號潛庵，河南睢州人，精史學、理學、書畫，官至工部尚書。著有《潛庵語錄》、《潛庵文鈔》、《春秋增注》等。《清史稿》有傳。

毛宗崗

博通三國大編修，毛氏豐功耀斗牛。釋旨酌情議事理，眉批案語注詳悠。
忠奸愚智評高下，布局行文論劣優。筆力千鈞正反襯，洞明創意世無儔。

註：毛宗崗，字序始，號子庵，江蘇長洲人。明末清初文學批評家，主要貢獻在評點羅貫中《三國志演義》，揭示書中各類精妙筆法，如正襯、反襯等。毛氏對羅著詳加修訂，整理回目，此外又修改書中詩句文辭，而成後世通行之一百二十回本。

萬斯同

群書讀遍學雄奇，萬氏斯同百代師。聲韻源流分俗雅，編修明史述興衰。
持平正統崇儒道，慎獨貞文宗漢儀。遠矚高瞻弘大業，千秋功德火薪熙。

註：萬斯同，字季野，號石園，門生私謚貞文先生，浙江鄞縣人，清初著名史學家。幼承家訓，受業於黃

宗羲，秉承其志，堅持正統史學觀，曾受詔負責編修《明史》。《清史稿》本傳云：「萬斯同，字季野，鄞縣人。父泰，生八子，斯同其季也。兄斯大，儒林有傳。性彊記，八歲，客坐中能背誦揚子《法言》。後從黃宗羲游，得聞蕺山劉氏學說，以慎獨為宗。以讀書勵名節與同志相劘切，月有會講。博通諸史，尤熟明代掌故。康熙十七年，薦鴻博，辭不就。」

姚際恆

宗儒道統繼前延，姚氏際恆學博專。諸子精修尋墜緒，百家涉獵有深研。
九經訓解撰通論，十翼質疑是僞編。駁難詖辭重考證，庸言錄載信徵詮。

註：姚際恆，字立方，一字首源，清仁和人，祖籍安徽休寧。畢生好讀書，百家涉獵，專心研治經史。代表作有《九經通論》、《庸言錄》並附《古今偽書考》，辨析經、史、子之真偽。其他著作有《尚書通論》、《禮經通論》、《好古堂書目》等。

曹寅

曹寅滿裔系隆昌，文武全才佐領郎。少任鑾儀御侍衛，管監織造辦皇商。
家藏典籍百千種，刊刻詩書永世揚。善本存今最珍貴，研修考究據憑詳。

註：曹寅，字子清，號荔軒，又號楝亭，滿洲旗人。康熙年間，自廣儲司郎中兼佐領，出任蘇州織造，後任江寧織造、兩淮鹽漕監察御使，官至通政使。通曉文學，為清世有名戲曲家、文學家。曾奉旨於揚州刊刻《全唐詩》、《佩文韻府》等。《清史稿》有傳。

鄭燮

鄭氏板橋家學豐，藝修三絕業興隆。創新書法六分半，譽享揚州八怪中。
政美德仁知濰范，濟民消債仿孟馮。畢生精繪鳥花竹，詩畫印章邁傑雄。

註：鄭燮，號板橋、板橋道人，清世江蘇興化縣人。幼承庭訓，博學強記，康熙年間秀才、雍正十年南京

鄉試舉人，後中進士，乾隆七年任曹州府范縣知縣，繼而為濰縣知縣，有政績。好書畫，擅長畫竹，為「揚州八怪」之一，詩、書、畫世稱「三絕」。書法別具一格，創「六分半書」體式，後世稱之為「板橋體」。

杭世駿

世駿方家學富強，勤修業統志高揚。博通訓詁精經史，豐厚典藏道古堂。
上疏直言遭聖責，撤官革職遣南鄉。梅花詩韻廣傳誦，書畫雙馨文藝昌。

註：杭世駿，字大宗，號堇浦，別號智光居士、秦亭老民、春水老人、阿駿，室名道古堂，浙江仁和人。工書法，善寫梅竹、山水小品。生平精勤學術，著有《道古堂集》、《石經考異》、《全韻梅花詩》等。

彭端淑

將侯家世彭端淑，先祖高功心赤丹。二品四川都督檢，一門三傑任京官。
詩歌氣格宗陶杜，辭賦縱橫崇馬韓。爲學名篇傳百世，錦江興教育芝蘭。

註：彭端淑，字儀一，號樂齋，四川丹稜人。祖父彭萬昆為明末懷遠將軍，以軍功勇著，授四川都督僉事。端淑幼受父洵、外祖父王庭訓迪，與弟肇洙、遵泗皆有功名。晚辭官隱居成都白鶴堂，於錦江書院傳講授業。名作有〈為學一首示子姪〉，其他著作有《白鶴堂文稿》、《雪夜詩談》等。

全祖望

清世浙江全祖望，文章載道譽芳香。通修史籍師黃萬，曠達詩風友厲杭。
困學紀聞三箋疏，水經注解七校詳。鮚埼亭集存心法，百代方家繼發揚。

註：全祖望，字紹衣，號謝山，小名補，自署鮚埼亭長、孤山社小泉翁，浙江鄞縣人。清世名史學家、文

學家，有「布衣太史」之譽。史學研究及學術思想受黃宗羲、萬斯同影響較深。與厲鶚、杭世駿等詩人多有唱和。著作有《鮚埼亭集》、《困學紀聞三箋》、《七校水經注》、《古今通史年表》等。

埼，粵音奇，平聲。

程晉芳

江淮望族寄揚州，程氏晉芳學厚優。自築軒齋名桂宧，好蒐典籍巨資酬。

六間樓閣藏珍本，四庫全書任纂修。雅集深交吳敬梓，切磋吟和兩朋儔。

註：程晉芳，字魚門，號蕺園，原籍安徽。纂修《四庫全書》，任總目協勘官。《勉行堂詩集·桂宧集》程序云：「余書屋前，頻年種桂，淮浦地寒，萎者屢矣。昨歲複種二株於庭之東偏，春夏之交枝葉菠茂，及秋蓬蓬作蕊。考《爾雅》，室東北隅謂之宧，而桂適在焉。因顏曰桂宧，且以編集。」又〈桂宧藏書序〉：「余年十三四歲即好求異書，家所故藏凡五千六百餘卷，有室在東偏，上下小樓六間，庭前雜栽桂樹，名之曰桂宧，四方文士來者，觴詠其中，得一書則置樓中，題識裝潢，怡然得意，吾

友秀水李情田，知余所好，往往自其鄉挾善本來，且購且鈔，積三十年而有書三萬餘卷。」

王文治

宗法二王昌曲魁，禹卿高藝賦天才。論書絕句議規法，淡墨探花擅畫梅。
爽朗空靈精韻緻，柔毫走筆轉鋒回。撫琴待月諸佳作，風靡琉球高譽徠。

註：王文治，字禹卿，號夢樓，江蘇丹徒人，清代詩人、書法家。與劉墉、翁方綱、梁同書並稱「清四大家」。喜用柔毫或長毫書寫，筆法宗二王。著有《夢樓詩集》，專論書法有〈快雨堂題跋〉、〈論書絕句三十首〉。傑作有〈錢塘僧寺碑〉、〈待月〉、〈夢樓撫琴圖〉等。

金榜

金榜高才字蕊中，翰林識廣學醇濃。方言聲韻師江永，文藻辭章承海峰。

論難五音戴吉士，箋修三禮鄭司農。治經詳考具門法，典籍勤研不懈慵。

註：金榜，字蕊中，又字輔之，歙縣人。乾隆之世召試舉人，授內閣中書，軍機處行走。後中一甲一名進士，授翰林院修撰。晚年因病返鄉休養，不復出仕。師事江永、劉大櫆（號海峰），與戴震為友，切磋學問。著有《禮箋》十卷、《周易考占》一卷。

高鶚

學豐儒雅高雲士，科考多年運未開。私塾京西興教化，酒仙橋上故人來。
詩詞精擅兼書畫，曲藝弘通大傑才。千古知音哀殞落，紅樓擬續四十回。

註：高鶚，字蘭墅、雲士、行一，號秋甫，別號蘭墅、紅樓外史。著作有《蘭墅十藝》、《月小山房遺稿》、《硯香詞》等。「酒仙橋」典事，見清人麟慶《鴻雪因緣圖記》。

錢坫

大昕親姪有錢坫，聲訓古音學頂尖。官至陝西任獄判，摯交師友究深潛。
說文詮解舛訛訂，史漢精研補注兼。左手描摹李篆法，沈雄蒼勁筆功纖。

註：錢坫，字獻之，號小蘭，自署泉坫，江蘇嘉定人，有家學，精文字音韻及考據。乾隆時中舉人，以副榜貢生遊學京師，後以州判任官於陝西，與洪亮吉、孫星衍交往，切磋學問。錢坫善寫篆書，清人李元度《國朝先正事略》有載：「獻之工小篆，不在李陽冰、徐鉉下，晚年右體偏枯，左手作篆尤精絕。」著述豐富，有《說文解字斠詮》、《詩音表》、《漢書十表注》等。

洪榜

乾嘉洪榜勵爭先，嫻熟五經通百川。昆弟中書稱三鳳，天津召試第一賢。
四聲韻和宗江永，兩卷贊辭補鄭箋。好學博聞倡考證，東原知己義金堅。

註：洪榜，字汝登，一字初堂，安徽歙縣人。乾隆四十一年，應天津召試第一，授內閣中書。與兄洪樸、弟洪梧有「同胞三中書」之譽，時稱「三鳳」。洪榜平生著述頗多，名作有《四聲韻和表》、《書經釋典》、《鄭箋述贊》等。東原，戴震別號。

鈕樹玉

匪石山人鈕樹玉，不求科第進廷閭。勤修德業崇儒道，博覽典墳守樸居。

考據音聲成一派，精批段注訂六書。切磋碩學論經義，詩友交深賦詠歟。

註：鈕樹玉，字藍田，自號匪石山人，江蘇吴縣人。商賈於齊魯之間，篤志好學，購聚書籍，精《說文》及聲韻訓詁之學。著有《群經古義》、《說文考異》、《段氏說文注訂》、《匪石居吟稿》等。

江沅

江聲後浪有江沅，樸學名家傳子孫。釋字說文宗段氏，遣詞章句本彭門。
修禪法寶道心善，圓覺佛經疏譯存。輯集瓊篇都七卷，染香庵論植深根。

註：江沅，字子蘭，一字鐵君，江蘇元和人，音韻學家江聲孫。精修文字訓詁之學，曾拜段玉裁為師，著《說文釋例》二卷，助段氏校刊《說文解字注》及《說文解字音韻表》。又從彭紹升學古文、詩詞及佛學禪修。與門人龔自珍等修刊《圓覺經略疏》。善書法，尤工小篆，自成一家。著有《染香庵文集》、《詩錄》、《詞鈔》等。

臧庸

臧庸師事盧弓父，樸實沈雄道學敦。勘對校讎堪第一，查稽考證亦殊尊。
說文聲義承錢段，經籍纂編輔阮元。書典豐藏資探究，音形古訓溯泉源。

註：臧庸，本名鏞堂，字在東、西成，號拜經，武進人。清世校勘、考據、文獻學專家。著作豐富，有《拜經日記》、《說詩考異》、《樂記二十三篇注》、《臧氏文獻考》等。盧文弨，字紹弓，晚號弓父。

戈載

戈載室名瀟碧軒，善書工隸亦堪尊。畫梅運墨宗王冕，繁蕊疏枝創獨門。
精論九宮八十調，成編三卷萬千言。詞林正韻通天下，清濁陰陽便選掄。

註：戈載，字寶士，一字孟博，號順卿，一作潤卿，又號山塘詞隱，書室名為瀟碧軒、翠薇花館。清代吳縣人，選貢生，為太學典簿。工於繪畫，善花卉，畫梅深得王冕心法。工隸書，精音律。著《詞林正韻》三卷，辨析填詞格律，貢獻良多。另有《翠薇花館詩集》、《翠薇花館詞集》、《詞律訂》等。

馮桂芬

馮氏桂芬字景亭，畢生勤奮雅儀型。研批段注詳箋證，精治說文究鼎銘。
樸學尊崇顧炎武，解經嚴謹漢門廷。專修勾股通西算，名重杏壇譽韻玲。

註：馮桂芬，字林一，又字景亭，自號鄧尉山人，江蘇吳縣人。晚清進士，精通歷算、鉤股之學。專注小學研究，書法有名，善於行草。著有《說文解字段注考證》、《弧矢算術乞田草圖解》、《西算新法直解》、《顯志堂詩文集》等。

莫友芝

貴州郘叟獨山人，清世魁儒德日新。樸學根深宗許鄭，詩風沈實系黃陳。
蒐羅珍本遍天下，勘校典墳辨僞眞。書法精修行篆隸，嘉名振響越江濱。

註：莫友芝，字子偲，號郘亭，又號郘叟，貴州獨山人。晚清金石學家、目錄版本學家、書法家。好藏

書，精版本目錄校勘之學，善書法，詩法宗黄庭堅、陳師道二家。著有《聲韻考略》、《宋元舊本書經眼錄》、《唐寫本〈說文〉木部箋異》等。畊，粵音匿。

史夢蘭

晚清開閣徵賢卓，河北夢蘭政事攙。府志圖書編種類，文鈔疊雅論深嚴。
侍親至孝一名士，奏使加封四品銜。博學寬仁扶後進，高崇德業世超凡。

註：史夢蘭，字香崖，號硯農，河北樂亭人。著有《樂亭四書文鈔》、《疊雅》、《古今謠諺補註》、《全史宮詞》等。又編修《畿輔通志》、校刊《畿輔叢書》及仟《樂亭縣誌》與《永平府志》總纂編。

劉熙載

融齋高士劉熙載，典籍通修德郁紛。藝是道形眞是本，物無整一則無文。
龍門課講身爲教，正學弘揚晚更勤。育化萬千傳大業，蘇州故里美聲聞。

註：劉熙載，字伯簡，號融齋，晚號寤崖子，世稱融齋先生，江蘇興化人。精通樸學、文學，書畫、藝術亦無所不善。曾於上海龍門書院講課，聞名當世，與杭州詁經精舍俞樾並稱。著述甚豐，自訂為《古桐書屋六種》，《藝概》收錄其中。

雷浚

雷浚方家學廣聞，博通經史傲同群。吟魂鬱悒宗詩聖，解字音形系許君。
韻府鉤沉析聲律，引經辨例論説文。仕途曲轉多磨折，退詠堂庠延暮曛。

註：雷浚，字深之，號甘溪，吳縣人。清代詩人、文字學專家。仕途坎坷，潛心治許學，論詩宗杜甫。著

有《道福堂詩集》、《說文揭原》、《說文引經例辨》、《韻府鉤沉》等。

李慈銘

詩文精擅號蓴客，越縵先生自一家。沈博辭章融雅艷，深研考據繼乾嘉。
讀書遍及經子史，品性清高狂傲誇。日記宏編百萬字，鋪排典實不虛華。

註：李慈銘，初名模，字式侯，字炁伯，號蓴客。因讀書於越縵堂，稱越縵先生，自號越縵老人，浙江紹興會稽人。著作豐厚，較聞名為《越縵堂日記》、《越縵堂詩集》、《後漢書集注》等。

潘祖蔭

詩禮傳家世宦儔，精勤祖蔭學尊優。探花御授翰林院，彝鼎藏收攀古樓。
一品侍郎修史館，三潘書法耀蘇州。文衡掌任拔英傑，培育菁苗壓德疇。

註：潘祖蔭，字東鏞，號伯寅，亦號少棠、鄭盦。江蘇吳縣人。金石專家、書法家、藏書家。大學士潘世恩之孫，內閣侍讀潘曾綬之子。任左副都御史等職，曾掌文衡殿試。擅長書法，祖父潘世恩、祖伯父潘世璜與之合稱「蘇州書法三傑」。著作有《攀古樓彝器圖釋》，輯書有《滂喜齋叢書》、《功順堂叢書》。

吳大澂

湖南巡撫吳大澂，三品卿銜德志興。勇領湘軍驅外敵，堅防國土抗侵凌。

精研考古文字學，描篆書宗李陽冰。秦隸漢碑金玉石，愙齋專論有依憑。

註：吳大澂，字止敬，又字清卿，號恆軒，晚號愙齋，江蘇吳縣人。晚清大臣、金石專家、文字學家、書畫家。精於古文字考釋，工篆刻和書畫。著有《愙齋詩文集》、《說文古籀補》、《字說》等。愙，通恪，粵音確。

郭慶藩

家傳樸學漢籬樊，清世通儒郭慶藩。莊子疏箋詳集解，說文經字細尋源。
精修轉注辨條例，校正五音釋方言。私淑桐城章有法，養知新論道深根。

註：郭慶藩，字孟純，號子瀞、岵瞻。為清末大儒郭嵩燾之姪，秉承家學，清代養知派後繼者。（郭嵩燾，其室名「養知書屋」，學者稱之為「養知先生」。）精研《說文》，擅長訓詁，著有《莊子集釋》、《說文經字考辨證》、《合校方言》、《梅花書屋詩集》等。

陳廷焯

倚聲詳究不辭勞，白雨齋詞話論高。援引千端分體用，聚延一脈本風騷。
性情忠厚歸沈鬱，俚俗漁樵非壯豪。品味碧山須靜氣，推崇乃合古時髦。

註：陳廷焯，字亦峰，原名世焜，丹徒人，光緒時舉人。著有《白雨齋詞話》，生前曾五易其稿，後由父

陳鐵峰刪成八卷，由門人合力刊行。另有《詞話》八卷，《詞則》二十卷存世。陳氏《白雨齋詞話》有自序一節，云其作乃「本諸風騷，正其情性，溫厚以為體，沈鬱以為用，引以千端，衷諸一是」。對於宋人王沂孫（碧山）十分推崇，曾謂：「讀碧山詞，須息心靜氣，沉吟數過，其味乃出。心粗氣浮者，必不許讀碧山詞。」（《白雨齋詞話》卷二）

徐灝

乾嘉高幟領前先，徐灝功勤志繼延。研讀說文通訓詁，精批段注作詳箋。

纂修纖細辨經疏，引證淹繁補訂詮。巨著成篇十四卷，懋堂絕學有承傳。

註：徐灝，字子遠，一字伯朱，號靈洲，番禺人，學海堂諸生，文字學專家。主要作品有《說文解字注箋》、《通介堂經說》、《樂律考》等。《清史稿》有記其人事跡及其著作。

馬建忠

馬氏建忠學厚資，少年深造赴西夷。貫穿中外任翻譯，博達古今堪大師。
巨著文通新格構，精思體系創箴規。書分四部具條理，語法研修立殿基。

註：馬建忠，字眉叔，別名乾，江蘇丹徒人，宋元文史大家馬端臨之後。清末翻譯家、語法學家。重要著作為《馬氏文通》，為中國首部借助西方語言結構規律，研究古漢語之專著，對中國語法學發展影響深遠。

乙篇

伯牙

伯牙原籍楚郢都，晉地能賢上大夫。善撫弦琴兼撰曲，研修造詣更深趨。
高山流水知音友，鍾氏子期樂悅乎。隔世緣逢盡美矣，千秋傳頌信無虞。

註：伯牙，春秋戰國人。善琴，奏〈高山流水〉而與鍾子期相會，兩成知音好友。有關其人，《列子》、《呂氏春秋》、《荀子》等有記述。明人馮夢龍《警世通言》謂伯牙姓俞，名瑞，晉上大夫，原籍楚國郢都。

石申

石申絕學研九宮，編撰星經測蒼穹。鉅著天文八大卷，收存阮氏七錄中。

觀形連繫如牛馬，推算運行有滯窮。傳世圖表攝提格，曆書史志並參同。

註：石申，又名石申夫，戰國時魏國天文學學、占星學家。著有《天文》八卷，此書西漢時稱《石氏星經》。唐人張守節《史記正義》引南朝梁時阮孝緒《七錄》，云：「石申，魏人，戰國時作《天文》八卷也。」

魏伯陽

養生妙術遍尋之，好道伯陽志不移。長白山行遇奇士，修眞苦練法仙師。

著編周易參同契，撰論丹經明理機。亂世紛紜研絕學，潔心弘德最時宜。

註：葛洪《神仙傳》第二卷《魏伯陽傳》：「魏伯陽者，吳人也。高門之子，而性好道術，不肯仕宦，閒居養性，時人莫知之。後與弟子三人入山作神丹。」宋人曾慥《道樞》卷三十四《參同契》有記魏伯陽事：「魏翱，字伯陽，漢人，自號雲牙子。……雲牙子游於長白之山，而遇真人告以鉛汞之理、龍虎之機焉，遂作書十有八章，言大道也。」

落下閎

精曉天文漢傑雄，先生複姓字長公。元封受薦修曆法，時至太初建隆功。
八十一分新律算，陰陽閏月在其中。立春正旦始依定，萬世通行無盡窮。

註：落下閎，複姓落下，名閎，字長公，巴郡閬中人。西漢天文學家，「太初曆」之重要創制者。武帝時任待詔太史，參與天文曆法研究。「太初曆」又稱「八十一分律歷」。關於其人其事，《史記・曆書》及《漢書・律曆志》有載。

張道陵

東漢張陵修道勤，世情急亂勢如焚。爲民治病研符水，以善導人拯庶殷。
六合高明傳正一，三天扶教祐眞君。結廬蜀地煉丹藥，龍虎功成德郁芬。

註：張道陵，一名張陵，字輔漢，東漢沛國豐縣人，為正一道創始者。世稱張道陵天師、張府天師、張天

師公、老祖天師、祖天師、正一真人。張氏傳承下來為天師道，正以符籙見長，亦稱正一派。「正一」以正治邪，以一統萬之意。

崔瑗

書法家傳崔子玉，博通經典會京師。構形結字臻工巧，運筆點横盡美姿。
勢似危峰阻日射，氣如直挺一松枝。文辭精善揚儒道，草聖馨名百代垂。

註：崔瑗，字子玉，涿郡安平人，東漢書法家、文學家。書法方面尤善草書，師法杜度，時稱「崔杜」。梁朝袁昂《古今書評》云：「崔子玉書如危峰阻日，孤松一枝，有絕望之意。」撰有《草書勢》，以比擬文辭討論書法。《晉書・衛恆傳》引衛恆《四體書勢》留有《草書勢》全文。《後漢書・崔駰傳》有崔瑗生平事，云：「崔氏世有美才，兼以沉淪典籍，遂為儒家文林。」

張芝

張芝書法具深根，世代承傳學品敦。八月帖存淳化閣，五篇巨著筆心論。
無雙獨步冠今古，一氣呵成草聖尊。苦毅臨池修正道，高名絕藝德長存。

註：張芝與鍾繇、王羲之、王獻之並稱「書中四賢」。唐人張懷瓘《書斷》有詳細介紹其人，云：「（張芝）好書，凡家之衣帛，皆書而後練。尤善章草書，出諸杜度。……精熟神妙，冠絕古今，則百世不易之法式，不可以智識，不可以勤求。其草書《急就章》，字皆一筆而成，合於自然，可謂變化至極。」又云：「張芝喜而學焉，轉精其巧，可謂草聖，超前絕後，獨步無雙。」存世有五帖，收錄於北宋《淳化閣帖》，著有《筆心論》。

王叔和

王熙隱世漢醫廬，方藥深研樸簡居。論說傷寒重校訂，新編金匱將訛除。

微分脈象廿四種，集彙名家十卷書。百病根源依次類，精心參證不疏虛。

註：王叔和，名熙，高平人，西晉醫學名家。整輯張仲景《傷寒雜病論》，重新編次成書。又將診脈法著成《脈經》及編著《金匱要略》。

皇甫謐

西晉奇才皇甫謐，祖先世代將侯家。修身潛學研書傳，立志成醫獻歲華。

鉅著針經篤終論，閒居守賤粗飯茶。弘通天道相生變，至理而今不異差。

註：皇甫謐，幼名靜，字士安，自號玄晏先生。三國西晉安定郡朝那縣人，東漢名將皇甫嵩曾孫。一生好學，不出仕，精針灸醫術。著有《針灸甲乙經》、《歷代帝王世紀》、《逸士傳》等。謐，粵音密。

張子信

博通學藝張子信，研究功高未詔頒。百煉千錘尋實證，日修月練不貪慳。
辨明四氣有遲速，觀測五星繼往還。精算更新唐曆法，峻崇德業濟塵寰。

註：張子信，河內郡人，天文學家。活躍於北魏、北齊兩朝，按《隋書・天文志》所載，其人以「學藝博通，尤精歷數」。曾製渾天儀測量日、月、五星運行，又編修曆法。

顧愷之

顧氏愷之晉雅儒，善描論畫闢新途。連篇長卷洛神賦，高古游絲女史圖。
博藝奇才譽三絕，春蠶技法堪獨殊。斲琴梟雁皆精妙，繪本遺今有仿摹。

註：顧愷之，字長康，晉陵人。東晉名畫家、繪畫理論家。博學多才，擅詩賦、書法，尤善繪畫。精畫人像、佛像、禽獸、山水等。世人以三絕稱許顧愷之：畫絕、才絕、痴絕。出名畫作有〈洛神賦圖〉、

〈斲琴圖〉、〈梟雁水鳥圖〉等。其人其事，詳見《晉書》本傳、《世說新語》等。

法顯

素志追尋原典根，西行艱險歷頻煩。攀翻紫塞越重嶺，開闢荒途跨鐵門。

通譯經文六大部，詳描佛國百千言。遍遊天竺東南域，法顯高勳萬世存。

註：法顯，俗姓龔，平陽郡武陽人。幼年剃度出家，二十歲受戒，因感律藏殘缺，而前往西方尋求原典。東晉隆安三年，由長安出發，取道河西走廊前往。義熙九年，回返建康翻譯經文，將其西行遊記寫成《佛國記》，後於江陵辛寺圓寂。

陶弘景

望族方家陶弘景，修真素志歷辛艱。辭官退隱絕名利，求道深居靜閉關。

沸汞煉丹研術法，開宗立派創茅山。醫經輯訂詳箋釋，濟世救民功首班。

註：陶弘景，字通明，自號華陽隱居，丹陽秣陵人。南朝人，江東名門，精通醫藥、天文、書法，佛道兼修。曾任親王侍讀，後上表辭官，掛官服於神武門，隱居山林，專心修道。有關事跡，見《南史・隱逸下》及《梁書》本傳。撰有《真誥》、《本草經集注》等著作。

蔣少游

慕容麾下有奇雄，蔣氏少游百技通。入訪南齊摹宇殿，返歸北魏修皇宮。

善雕精畫兼書法，建塔造船立俊功。受詔編修文武服，禮儀垂拱國興隆。

註：蔣少游，樂安博昌人。曾被北魏文成帝俘虜到魏都平城，孝文帝時被提拔任用。精通繪畫、畫法、設計，對建築、文藝、文化發展有貢獻。《魏書》本傳：「性機巧，頗能劃刻。有文思，吟詠之際，時有短篇。……少游巧思，令主其事，亦訪於劉昶。二意相乖，時致諍競，積六載乃成，始班賜百官，少游有效焉。」

綦毋懷文

襄國沙河有傑徒，懷文複姓曰綦毋。灌輸淬火新技法，煉鍛鋼刀冶熔爐。
打製功成能斷鐵，精工卓絕一時無。信州受任爲刺史，道術長修德業俱。

註：綦毋懷文，複姓綦毋，名懷文，襄國沙河人。傑出冶金專家，襄國宿鐵刀發明者。約生於北朝東魏、北齊間，好道術，曾任北齊信州刺史。有關事跡，《北齊書．方技傳》、《北史．藝術傳》有記述。

張僧繇

造詣超凡百代無，退暈凹凸更奇殊。創新疏體寫眞貌，勾勒形神勝鑄模。
晝夜潛研六筆法，千秋佳構五星圖。龍睛一點即飛動，破壁穿空信可乎。

註：張僧繇，吳中人。南北朝名畫家，與顧愷之、陸探微、吳道子並稱為「畫家四祖」。唐人李嗣真《續畫品錄》：「顧陸已往，鬱為冠冕，盛稱後葉，獨有僧繇。……至張公骨氣奇偉，師模宏遠，豈唯六

法精備，實亦萬類皆妙。千變萬化，詭狀殊形，經諸目，運諸掌，得之心，應之手。」「退暈」、「凹凸」之說，見唐人許嵩《建康實錄》。「畫龍點睛」典事，見《太平廣記·畫二》，「張僧繇」條末有注云出自《名畫記》。張氏名作有〈五星二十八宿神形圖〉、〈梁武帝像〉、〈行道天王圖〉等。

賈思勰

北朝英傑賈思勰，門第書香學貫通。耘耨深研多貢獻，齊民要術有豐功。

修編典籍新古法，引證歌謠論農工。飼牧樵漁皆涉及，百科周備德無窮。

註：賈思勰，青州益都人。曾任高陽郡太守，於北魏永熙二年至東魏武定二年間，編撰《齊民要術》。書中引用大量古代農書、雜著，並參用前人研究成果，其中廣泛採用民間諺語、歌謠，以及訪談實錄，並表述作者親身觀察與試驗實況。

宇文愷

匠作少監宇文愷，上朝受任建都京。廣開河水通漕運，精構垣牆築帝城。
宗廟皇陵嵩氣勢，深宮行殿豎高閎。大興規劃最宏偉，功業千秋譽耀榮。

註：宇文愷，字安樂，號名父公子，朔方夏州人。北周至隋代建築專家，官至工部尚書，任匠作少監、匠作大匠等職。隋文帝時，專責興建大興、洛陽及其宮殿衙署。又開鑿河渠、漕運，修建仁壽宮、獨孤皇后陵墓、觀風行殿及長城等。著有《東都圖記》、《明堂圖議》、《東宮典記》等。

張胄玄

隋有方家張胄玄，專精象數邁前賢。及終返始辨黃道，超古創新算紀年。
七曜歷書傳大業，五星運測本周天。功高賜授雲騎尉，成就芳馨百世延。

註：張胄玄，渤海郡蓚縣人。隋天文、算學專家，精研氣象曆法及術數。隋文帝賜授雲騎尉，任直太史

院，參議律歷事，累官太史令。重要著作有《七曜曆疏》、《大業曆》等。曆、歷，古通用。

王孝通

通直郎君太史丞，深研絕學享高名。九章算術精修訂，曆法古經重輯成。
乘冪弦差三角解，設題擬論計方程，發明創建利天下，貢獻非凡德業榮。

註：王孝通，唐代算曆博士。武德九年曾任通直郎太史丞，參與修曆事務。於數學有卓越成就，有名專著為《緝古算經》。唐朝國子監開設「算學」，王書被列為教本，學術地位崇高。丞，粵音同成，與本詩合韻。

裴行儉

將侯家世裴行儉，博藝多才文武兼。揮墨工書精草隸，曉通曆算善觀占。

遠征萬里平西域，統領三軍往北殲。重義輕財襟廣闊，豪雄風範德崇詹。

註：裴行儉，字守約。絳州聞喜縣人。唐初軍事家、政治家、書法家。曾祖仕於北周，父裴仁基任隋朝左光祿大夫，兄長裴行儼為隋朝大將。著有《草字雜體》、《選譜》。有關人事經歷，詳見《新唐書》及《舊唐書》本傳。

李淳風

海量宏恢唐太史，德淳高士創研新。撰編法象爲七卷，鑄製渾儀訂三辰。
分級強風占乙巳，精修元曆於戊寅。算經十部通詳釋，疏解萬言論證伸。

註：李淳風，唐名道士，岐州雍縣人，任太史令。精通天文、數學、易學、曆算、陰陽道術。曾奉詔注《算經十部》，上疏改制渾天儀，將兩重改為三重，修整六合、三辰儀等。補訂傅仁均著《戊寅元曆》有顯著功績，名著《乙巳占》，將風力劃分為八級，為世界首創。著有《皇極曆》、《懸鏡》、《文史博要》、《秘閣錄》等。

李邕

江夏李邕家學深，系傳正統漢風襟。揮毫瀟灑善行草，翰墨淋漓絕古今。
太守官遷於北海，寺碑精撰有東林。忠言諍諫慘遭殺，太白杜陵感恨吟。

註：李邕，字泰和，鄂州江夏人。遷左拾遺，轉戶部郎中，又遷括州刺史，轉北海太守，史稱「李北海」、「李括州」。訓詁名家李善之子，精善書法，聞名千秋。因被奸臣陷害，含冤而死。其人其事，詳見《舊唐書》、《新唐書》本傳。北宋《宣和書譜》：「李邕精於翰墨，行草之名由著。初學王右軍行法，既得其妙，乃復擺脫舊習，筆力一新。」李白〈答王十二寒夜獨酌有懷〉、杜甫〈八哀詩·贈秘書監江夏李公邕〉，有表述對李邕之情懷。傳世書帖有〈東林寺碑〉、〈法華寺碑〉等。

孫愐

梵文漢世遠來傳，反切記音魏晉延。陸氏法言曾綜合，古今南北匯成篇。

逮唐編韻五大卷，分類陰陽四聲全。孫愐領修功巨大，刊行撰序導儕賢。

註：孫愐，愐又作緬，唐代音韻專家，天寶年，任陳州司馬。於隋朝陸法言《切韻》基礎上補訂而成《唐韻》五卷，自始唐人科舉考試用韻，以此書為標準。

李舟

趙郡李舟唐世卿，高才俊辯有科名。元年典校弘文館，兩使居功保帝京。

切韻著編全十卷，鋪排序列依四聲。小徐篆譜曾存載，漢學叢書繼輯成。

註：李舟，字公受，唐趙郡高邑人。曾任金部員外郎、校書郎、虔州刺史等職。兩次出使，平息涇州、山南東道之事故。柳宗元〈石表先友記〉云：「李舟，隴州人，有文學俊辯，高志氣，以尚書郎使危疑反側者再，不辱命。被讒妒，出為刺史，廢痼卒。」著《切韻》十卷，訂正孫愐《唐韻》，以四聲排列字音，系統清晰，奠定後來《廣韻》二百零六韻次第基礎。書已迭不存，徐鍇《說文篆韻譜》有收錄其反切。清人黃奭《漢學堂叢書》有輯錄。

玄應

唐世沙門釋玄應，學深識博有閎庭。弘揚佛理通儒道，精曉梵音辨渭涇。
溯古探源詳考究，注箋訓義大藏經。遍尋萬卷爲參據，德業高崇永鑄銘。

註：玄應，唐代高僧。博聞多識，學貫儒釋，精通音韻文字訓詁之學。唐貞觀時，玄奘自西域歸來，成立譯場，玄應師之而參與翻譯經文事。貞觀末年，奉敕撰成《一切經音義》二十五卷，世稱「玄應音義」。其他著作有《攝大乘論疏》、《辯中邊論疏》、《大般若經音義》等。

梁令瓚

唐有奇魁梁令瓚，弘通百藝大方家。三朝待詔參軍令，五品郎官縣府衙。
篆畫專精描人物，游儀木製受讚誇。神形廿八宿圖作，顯赫千秋飲譽嘉。

註：梁令瓚，蜀地人，唐中宗至肅宗三朝，曾任集賢院待詔、率府兵曹參軍等職。精書畫、製造天文儀

器，又工篆刻，擅長繪人物。存世作品有〈五星及二十八宿神形圖〉。其人其事，《新唐書》、《舊唐書》之〈天文志〉皆有詳述。

荊浩

荊浩自稱洪谷子，大梁時世乃名家。新開全景繪山水，淡墨古松傍晚霞。氣韻藏章提六要，堅凝筆法實無華。匡廬圖作堪經典，北派先聲譽遠遐。

註：荊浩，字浩然，號洪谷子，河內沁水人。唐末五代名畫家，北方山水畫派之祖。自著《筆記法》，提出繪畫景色有「六要」。名作有〈匡廬圖〉、〈雪景山水圖〉等。

范寬

范寬書畫師荊浩，關李同稱三大家。山水摹描重氣勢，雪雲精繪擬龍蛇。

不拘俗禮好詩酒，長隱終南居太華。曠世天才心有道，造乎神技譽無誇。

註：范寬，字中立，一說名中正，字仲立，京兆華原人，五代末北宋初名畫家。與關仝、李成均屬北方山水畫派，世稱「北宋三大家」。

董源

五代鍾陵董北苑，潛研書畫藝深修。天然平淡摹山水，標格形神繪虎牛。
雲霧瀟湘屏嶽嶺，蓁蕪嵎嶂繞江洲。寒林溪岸皆名作，筆法高超勝匹儔。

註：董源，源一作元，字叔達，江南鍾陵人，五代南唐時人。曾任北苑副使，有董北苑之稱。擅長畫山水，用色輕淡，又善畫牛、虎、龍。名作有〈寒林重汀圖〉、〈瀟湘圖〉、〈溪岸圖〉等。

郭忠恕

天才奇俊郭忠恕，經義弘通德藝薰。神彩精描稱一絕，工書技妙善八分。

淡濃運墨繪山水，樓閣構圖更逼眞。雲霽江行傳萬古，彙編汗簡譽風聞。

註：郭忠恕，五代末宋初書畫名家，字恕先，又字國寶，洛陽人。精文字學、文學，善寫篆、隸、八分，楷書最著名。清人劉熙載《藝概・書概》云：「忠恕以篆古之筆溢為分隸，獨成高致。」畫作以山水畫及畫中之亭台樓閣、舟船車輿描繪逼真聞名。傳世作品〈雪霽江行圖〉乃精工絕品，畫有趙宋徽宗趙佶題識，現藏臺北故宮博物院。文字學著作有《汗簡》、《佩觿》等。

巨然

五代鍾陵有巨然，釋家修藝畫精研。或云受業開元寺，師侍董源秘技傳。

萬壑松濤澗路曲，兩山樓閣水橋延。筆鋒纖瘦墨清淡，遠近空靈佐悟禪。

註：巨然，鍾陵人，一說江寧人。五代畫家，師法董源。著名畫作有〈萬壑松風圖〉、〈層巖叢樹圖〉、〈秋山問道圖〉等。構圖常置前後兩山及流水，布景兼及遠近。

郭熙

宋興百藝重書畫，一代宗師有郭熙。自創構圖三遠法，墨描景象四時宜。
溪山訪友情幽淡，奇石寒林勢側危。高致論文詳絕學，專研品鑒可參諮。

註：郭熙，北宋名畫家、繪畫理論專家。字淳夫，河陽府溫縣人。信奉道教，遊於方外，畫作聞名當世。熙寧時召入畫院，又任翰林待詔直長。畫論專著有《林泉高致》一書，創高遠、深遠、平遠「三遠」理論。作品有〈山林圖〉、〈奇石寒林圖〉、〈溪山訪友圖〉等。

李唐

晞古天才禀賦華，藝承荊范兩名家。新研大斧劈皴法，開創盤渦繪水窪。
妙筆乳牛隨母走，文姬典事訴胡笳。專精川岳構圖景，北派南傳遍海涯。

註：李唐，字晞古，河陽三城人。宋徽宗時入畫院，南渡後，以成忠郎銜任畫院待詔。精畫山水、人物，牛隻。曾參考荊浩、范寬手法繪畫山水。晚年創「大斧劈」皴法，繪畫水波有創新，成南宋山水新畫風。名作有〈清溪漁隱圖〉、〈長夏江寺圖〉、〈乳牛圖〉、〈胡笳十八拍〉等。

馬遠

品性謙卑師李唐，家傳墨藝道非常。畫圖巧構留一角，筆法描摹有多方。
梅石溪鳧寫虛實，華燈侍宴景堂皇。雄奇簡煉善裁剪，百代聞名技顯揚。

註：馬遠，字遙父，號欽山，祖籍河中，寓居臨安，南宋名畫師。繪畫世家，幾代皆為宋室畫院待詔。擅

山水、花鳥、人物，取法李唐，構圖喜留邊角小景，世稱「馬一角」。存世名作有〈梅石溪鳧圖〉、〈踏歌圖〉、〈華燈侍宴圖〉等。

夏圭

畫藝淵深宋卓賢，夏圭筆力邁前先。渾融水墨皴染法，善擬圖描取半邊。煙靄遙岑色雅淡，溪山清遠韻綿延。西湖柳艇亦神妙，蒼勁淋漓百代傳。

註：夏圭，圭一作珪，字禹玉，錢塘人，南宋名畫家。山水畫取景有「半邊」之景，構圖自創一格，世人稱之「夏半邊」。與李唐、馬遠、劉松年合稱「南宋四家」。元人夏文彥《圖繪寶鑑》評夏圭云：「院中人畫山水，自李唐以下無出其右者也。」傳世作品有〈溪山清遠圖〉、〈西湖柳艇圖〉、〈遙岑煙靄圖〉、〈松崖客話圖〉等。

郭守敬

元世名家郭守敬，德純實學好研嵌。精推新算授時曆，修治通州都水監。
弧矢割圓量日月，測儀經緯更非凡。千秋偉績太史令，科技功高越嶺巉。

註：郭守敬，字若思，邢州邢台人。元代著名天文學家、數學家、水利工程專家、探測儀器發明家。官至太史令、昭文館大學士、知太史院事，世稱「郭太史」。除編撰《授時曆》，又著有《儀象法式》、《二至晷景考》、《新測無名諸星》。

黃道婆

織藝淵深黃道婆，輟耕錄記實無頗。涯州遠地逢奇技，黎族爲師授紡柁。
綜線擀彈剖籽法，挈花配色錯紗梭。探研軋踏新機械，錦被精工勝綺羅。

註：黃道婆，松江府烏泥涇人，宋末元初棉紡織家、編織技術家。有關其人其事，元人陶宗儀《南村輟耕

錄》卷二十四有載。此外，《嘉慶上海縣誌》、《同治上海縣誌》、《瀘城備考》亦有記其人事。

吾丘衍

錢塘竹素吾丘衍，書法音聲藝顯彰。論篆雄篇卅五舉，分門闡釋百千方。
古文疑辨箋鄭薛，鑴刻刀功精印章。弟子雪濤承絕學，開宗成派道弘揚。

註：吾丘衍，一作吾邱衍，字子行，自號竹房、竹素、貞白居士、布衣道士，世稱「貞白先生」，浙江錢塘人。精通書法、文字學、音律等，當世書法、刻印名家。名作為《學古編》，其中〈三十五舉〉詳論篆寫印章之法，學術價值甚高。另有《續古篆韻》六卷，卷末有〈辨疑字〉，訂正鄭樵、薛尚功兩家之說。存今有《周秦石刻釋音》、《說文續解》、《竹素山房詩集》等。吳叡，字孟思，號雪濤散人，吾丘衍弟子。

吳鎮

書畫雙修學養專，天才吳鎮譽榮顛。翰毫朗勁描松竹，墨氣虛疏擬水川。
斧劈施鋪眞絕妙，麻皴技法勝儕賢。構圖細緻含風韻，漁父蘆灘更卓妍。

註：吳鎮，字仲圭，號梅花道人、梅沙彌等，浙江嘉興魏塘橋人，元朝名書畫家。與黃公望、王蒙、倪瓚並稱「元四家」。工書、善草、能詩文，精通水墨技巧。名畫作品有〈秋江魚隱〉、〈漁父圖〉、〈蘆灘釣艇圖〉等。

倪瓚

倪瓚南宗吳楚津，方家奇藝氣通神。簡繁交互運蒼勁，水墨新開折帶皴。
老辣隸書疏以密，摹描景象淡而淳。修編北曲十二令，煮饌精能杯酒頻。

註：倪瓚，字元鎮，號雲林，江蘇無錫人。元代南宗山水畫名家，精書法、撰曲、茶藝、烹調等。畫作以

紙本水墨為主，善畫山水，創造「折帶皴」技法。重要作品有〈梧竹秀石圖〉、〈幽澗寒松〉、〈古木幽篁圖〉等。皴，粵音春，平聲。

沈周

沈周畫構繼吳王，運筆兼修各派長。盆菊清幽圖細繪，煙江疊嶂氣橫揚。
詩風韻調近蘇陸，楷勁行遒法柳黃。山水臥遊堪悅目，石田成就百年香。

註：沈周，字啟南，號石田，晚號白石翁，明朝江蘇長洲人。畫、書、文皆精善。沈與文徵明、唐寅、仇英並稱「明四家」。出名繪畫作品有〈滄州趣圖〉、〈煙江疊嶂圖〉、〈盆菊幽賞圖〉等。有詩文存世，著有《石田集》、《石田文鈔》、《石田詠史補忘錄》等。吳，吳鎮，字仲圭，號梅花道人。王，王蒙，字叔明，號黃鶴山樵。

張景岳

名醫高譽遍中華，術妙蜚聲及遠遐。溫補調和扶正氣，陰陽虛實辨無差。
新方八陣論精善，千古一人稱許嘉。景岳全書傳百世，至崇功德更堪誇。

註：張景岳，本名介賓，字會卿，號景岳，明代醫學家。名著有《類經》、《質疑錄》、《新方八陣》，輯有《景岳全書》六十四卷。明朝時，日人山田正珍《傷寒論集成》於「辨霍亂病脈證並治第十三」內文，稱許張氏之學說「考徵明白，真可謂千古一人矣」。

朱耷

紅塵看破性狂疏，沈鬱詩文善畫書。生不拜君牛石慧，隱歸藏己青雲廬。
相看哭笑將何了，八大山人意自如。款押符形饒韻趣，吟情運墨旨深居。

註：朱耷，字刃庵，號八大山人、个山、人屋、道朗等，江西南昌人。明太祖十七子朱權九世孫，明亡後

入道，建青雲圃道觀。擅書法，能詩文，精於用墨。書畫署名「牛石慧」，此三字草書連寫，可看成「生不拜君」四字，以示誓不降清。畫作署名，亦有將「八大」及「山人」豎著連寫，上兩字形成似「哭」似「笑」之字，下兩字則似「之」字，有哭之笑之、哭笑不得之意。奄，粵音答。

甘暘

明有方家甘旭甫，江寧人氏號寅東。平生儒雅好金刻，秦漢印章最慕崇。
雕玉鑄銅研古法，忘餐廢寢究深功。終成巨著都五卷，榮譽千秋德業隆。

註：甘暘，字旭甫，號寅東，江寧人，明代篆刻名家。精金石、篆刻，尤好秦漢印章。畢生用心於學著成《集古印譜》五卷，此書內容豐富，論證充實，內附《甘氏印正》、《印正附說》，對印章研究有重大貢獻。

石濤

石濤釋氏俗姓朱，師法自然擬描摹。妙作苦瓜和尚錄，享名山水清音圖。

纖毫疏透多層次，運墨淋漓輕淡塗。竹鳥人梅皆別緻，新奇布局古來無。

註：石濤，廣西全州人，明末清初畫家。俗家姓朱，名若極，小字阿長，法號元濟，一作原濟，別號石濤，苦瓜和尚、瞎尊者、清湘老人、零丁老人等。明亡前出家為僧，與弘仁、髡殘、朱耷合稱「明末四僧」。畫風疏秀明潔，運墨多變。詩書皆善，著名作品有〈山水清音圖〉、〈竹石圖〉、〈石濤羅漢百開冊頁〉等，文字著作有《苦瓜和尚畫語錄》。

徐常遇

琴技修研藝厚醇，廣陵宗派導梁津。徐家三子承衣鉢，自號五山一老人。

淳古音聲崇淡泊，探微指法更精掄。偏鋒妙善唐風韻，澄鑒堂存曲譜珍。

註：徐常遇，字二勳，號五山老人。揚州人，生於清康熙年間，古琴廣陵派開創者。家學傳三子（徐祜、徐禕、徐驥），著有《響山堂琴譜》、《琴譜指法》等，輯有《澄鑒堂琴譜》。

陳揆

陳揆三代學腴膏，不爲科名氣邁豪。淹博典藏逾十萬，苦孜讎校遍百韜。
建樓存放稽虎閣，研證斟商海鵬遨。蒐輯書刊兼善本，金吾同道兩功高。

註：陳揆，字子準，江蘇棠熟人，清世藏書家、校勘家。畢生好蒐羅典籍，與同鄉張金吾合稱「藏書二友」。建「稽虎閣」收藏善本，致力研勘。又與同鄉張海鵬結為知交，互相研究所藏典籍。按時人黃廷鑑《藏書二友記》所記，二人藏書不下十萬卷。陳揆《稽瑞樓書目》亦記其善本有二百二十種。

丙篇

夏禹

夏禹勳高大聖賢，爲民盡力急奔先。疏通河道紓艱困，修治功成利涉川。
天下州分鑄九鼎，丈量時歷十三年。美聲德政傳今古，紹興廟祠香火延。

註：夏禹，姒姓，黃帝、顓頊之後。有關傳聞事跡，詳見《史記·夏本紀》、《尚書·禹貢》、《世本·居篇》、《漢書·律曆志》等。

伊尹

伊尹躬耕莘野中，尊賢受任輔商宮。與人不備修不及，居上克明下克忠。
時乃日新咸有德，民之先覺濟無窮。才多學博攝王政，扶弼五朝興業崇。

註：《商書・咸有德》：「今嗣王新服厥命，惟新厥德。終始惟一，時乃日新。任官惟賢材，左右惟其人。」《商書・伊訓》：「居上克明，為下克忠，與人不求備，檢身若不及，以至于有萬邦。」《孟子・萬章上》引述伊尹云：「予，天民之先覺者也。予將以此道覺此民也。」

管仲

姬周嗣裔本經商，管仲雄才不可量。解厄逃生離魯地，知音舉薦相齊王。
四維張拓家邦定，九合諸侯天下匡。輔弼桓公成霸主，高功受賞世榮昌。

註：《論語・憲問》：「桓公九合諸侯，不以兵車，管仲之力也。如其仁！如其仁！……管仲相桓公，霸諸侯，一匡天下，民到於今受其賜。」「四維」之說，詳見《管子・牧民》。管仲生平事，詳見《史記》本傳。

鮑叔牙

文才武略策匡扶，鮑氏叔牙齊大夫。生死之交薦管仲，諸侯重用展鴻圖。
輔王稱霸開雄業，列陣聯兵戰楚吳。貞義一生高品格，千秋享讚譽優殊。

註：鮑叔牙，春秋戰國齊大夫，知人善任，賢德聞名。舉薦管仲為相，合力輔助齊桓公稱霸。曾助齊聯合魯、宋、陳等八國攻楚，訂下召陵之盟。其人事跡，《左傳》、《史記》、《管子》、《莊子》等皆有記述。

逢丑父

齊逢丑父德垂芳，忠義大夫征志昂。上陣窮追鞍之戰，疾輪避走樹纏轞。
換袍易位急生智，取水華泉遺遠揚。替死獻身成策計，世稱以李代桃僵。

註：逢丑父，春秋齊國大夫。其人其事，《左傳・成公二年》、《史記・齊世家・晉世家》皆有記載。華

山華陽宮有忠祠，祠外牆上有〈忠祠二十四忠碑刻圖施財記〉，圖記云：「華陽宮東配殿春秋齊國忠臣逄丑父是也，左傳記述齊晉鞍之戰捨身救齊君者也。」古樂府〈雞鳴〉云：「桃生露井上，李樹生桃傍。蟲來齧桃根，李樹代桃僵。樹木身相代，兄弟還相忘。」

蹇叔

蹇叔才高自徑蹊，虛榮不慕擇枝棲。務農隱逸淡名利，屢勸知交百里奚。
推預崤函必大敗，哭師忠諫力聲嘶。穆公棄義斷盟約，三帥成俘勢慘悽。

註：蹇叔，春秋戰國宋人，才高知人，賢德於世。與百里奚深交，受舉薦出任秦相，輔助秦穆公稱霸。哭師阻諫穆公攻晉鄭，預言秦師必敗。其人事跡，《左傳》、《史記》、《呂氏春秋》、《韓非子》等皆有記述。

季札

詩禮精修承祖訓，延陵季札譽聲馳。民情曉豫三分晉，名位看輕屢讓辭。劍贈徐公時或晚，信而篤敬道堅持。達觀生死及天地，魂氣歸空無不之。

註：季札，春秋時吳王壽夢兒子，受封於延陵。其人其事見於《史記·吳世家》、《禮記·檀弓》、《新序·節士》諸篇。「魂氣」見《禮記·檀弓下》，云：「延陵季子適齊，於其反也，其長子死，葬於嬴博之間。孔子曰：『延陵季子，吳之習於禮者也。』往而觀其葬焉。其坎深不至於泉，其斂以時服。既葬而封，廣輪掩坎，其高可隱也。既封，左袒，右還其封，且號者三，曰：『骨肉歸復於土，命也。若魂氣則無不之也，無不之也。』而遂行。」

西門豹

雄才偉略西門豹，受薦延遷鄴令居。智拯齋宮河伯婦，嚴懲巫祝惡奸除。

魏田利灌百千載，漳水通川十二渠。善政如流傳永世，名聞天下此賢胥。

註：西門豹，戰國魏人。《韓非子》、《論衡》、《戰國策》、《淮南子》等有載其事。褚少孫補《史記·滑稽列傳》稱其「名聞天下，澤流後世」。

田單

田單巧製鐵籠車，統領宗人守墨閭。引鳥盤空振士氣，火牛烈陣將奸屠。

反攻燕壘於一旦，收復齊城七十餘。輔弼襄王登帝位，安平封賜偉功居。

註：田單，嬀姓，田氏，名單，臨淄人。司馬貞《史記索隱述贊》：「軍法以正，實尚奇兵。斷軸自免，反閒先行。醳烏或驚，五牛揚旌。卒破騎劫，皆復齊城。襄王嗣位，乃封安平。」有關人事，詳見《史記》本傳。

高漸離

高氏漸離節義貞，英雄蓋世志長鳴。技精擊筑挾豪氣，酒遇知音醉燕城。
易水蕭寒悲壯士，吭歌慷慨送荊卿。灌鉛矐目刺嬴政，遺恨千秋功未成。

註：《史記·刺客列傳》云：「秦並天下，立號為皇帝。於是逐太子丹，荊軻之客，皆亡。高漸離變名姓為人庸保，匿作於宋子。……使擊筑而歌，客無不流涕而去者。宋子傳客之，聞於秦始皇。秦始皇召見，人有識者，乃曰：『高漸離也。』。使擊筑，未嘗不稱善。稍益近之，高漸離乃以鉛置筑中，復進得近，舉筑樸秦皇帝，不中。於是遂誅高漸離。」《戰國策》、《淮南子》、《新論》有述其人其事。

樂毅

中山靈壽出豪英，樂毅胸藏百萬兵。統攝五軍殲敵國，功勳千古享威名。

運機明義四海動，連陷強齊七十城。奏報惠王書一卷，仁行天下霸能成。

註：《史記》本傳云：「樂毅者，其先祖曰樂羊。樂羊為魏文侯將，伐取中山，魏文侯封樂羊以靈壽。樂羊死，葬於靈壽，其後子孫因家焉。……樂毅獨留徇齊，齊皆城守。樂毅攻入臨菑，盡取齊寶財物祭器輸之燕。燕昭王大說，親至濟上勞軍，行賞饗士，封樂毅於昌國，號為昌國君。於是燕昭王收齊鹵獲以歸，而使樂毅復以兵平齊城之不下者。樂毅留徇齊五歲，下齊七十餘城。」《文心雕龍・才略》：「諸子以道術取資，屈宋以楚辭發採，樂毅報書辨以義。」王羲之〈樂毅論〉有云：「則舉齊之事，所以運其機而動四海也，討齊以明燕主之義，此兵不興於為利矣。」

張良

留侯先祖五韓相，國破家亡命不窮。立志復仇反暴政，刺秦博浪未成功。
臨危救主鴻門宴，決勝運籌帷幄中。洞識天機尋道去，赤松逢遇騁雲空。

註：張良，字子房，封留侯，潁川城父人。刺秦、鴻門宴等有關事跡，詳見《史記》、《漢書》本傳。

《資治通鑑・漢紀二》：「張良素多病，從上入關，即道引，不食穀，杜門不出，曰：『家世相韓，及韓滅，不愛萬金之資，為韓報讎強秦，天下振動。今以三寸舌為帝者師，封萬戶侯，此布衣之極，於良足矣。願棄人間事，欲從赤松子游耳。』」

王翦

武韜雄略有王翦，善守能攻智勇俱。滅趙殲燕成偉業，征南伐北弼皇圖。

五旬求賜釋秦慮，六十萬軍圍楚都。名列兵家百將傳，功勳繼後三代無。

註：王翦，頻陽東鄉人，戰國秦名將，輔助始皇一統大業。有關事跡，《史記》、《漢書》本傳有記述。

司馬貞《史記索隱述贊》：「白起、王翦，俱善用兵。遞為秦將，拔齊破荊。趙任馬服，長平遂阬。楚陷李信，霸上卒行。賁、離繼出，三代無名。」

蒙恬

三世威雄家法嚴，嬴秦大將有蒙恬。拜封內史攻齊壘，遠擊匈奴鎮鄂崦。
綜合獸毛製管筆，抄傳軍訊捷增添。修城萬里建勳業，助統河山天下兼。

註：司馬遷《史記・蒙恬列傳》云：「蒙恬者，其先齊人也。恬大父蒙驁，自齊事秦昭王，官至上卿。……始皇二十六年，蒙恬因家世得為秦將，攻齊，大破之，拜為內史。……築長城，因地形，用制險塞，起臨洮，至遼東，延袤萬餘里。於是渡河，據陽山，逶蛇而北。暴師於外十餘年，居上郡。是時蒙恬威振匈奴。」《太平御覽》引《博物志》：「蒙恬造筆。」崔豹於《古今注》云：「自蒙恬始造，即秦筆耳。以枯木為管，鹿毛為柱，羊毛為被。所謂蒼毫，非兔毫竹管也。」

曹參

漢家悍將曹敬伯，沛縣興兵戰胡陵。平定三秦中涓侍，奏封次位懿侯廷。

無爲而治安天下，一以代之享靜寧。相國英雄成大業，千鍾豪飲德長馨。

註：曹參，字敬伯，泗水沛縣人，漢初開國功臣，亦一代名將。《史記》〈蕭相國世家〉云：「參為漢相國，出入三年。卒，謚懿侯。子窋代侯。百姓歌之曰：『蕭何為法，顜若畫一；曹參代之，守而勿失。載其清淨，民以寧一。』」曹參好飲，〈蕭相國世家〉及《漢書》本傳皆有記述。

樊噲

楚漢相爭亂世中，神威樊噲立奇功。鴻門宴會逢楚霸，持盾衝營拯沛公。

帥勇猛兮將勇猛，識英雄更重英雄。酒豪語壯解危困，偉績勳高賜賞豐。

註：樊噲，漢朝開國功臣，戰績彪炳。賜爵賢成君，封舞陽侯，謚武侯。鴻門宴事詳見《史記．項羽本紀》。

周勃

奇才受用志弘伸，周勃英豪氣若神。帶甲擁兵過百萬，破堅折銳定三秦。
弼王平叛掃胡卒，任相遭奸成罪臣。關押長安終赦解，絳侯復爵返江濱。

註：周勃，西漢沛縣人，開國將領，亦為宰相，名將周亞夫之父。《史記・絳侯周勃世家》：「歲餘，每河東守尉行縣至絳，絳侯勃自畏恐誅，常被甲，令家人持兵以見之。其後人有上書告勃欲反，下廷尉。廷尉下其事長安，逮捕勃治之。……文帝既見絳侯獄辭，乃謝曰：『吏方驗而出之。』於是使使持節赦絳侯，復爵邑。」《漢書》本傳亦有相關記述。

霍去病

少年得志出英雄，去病堅忠善戰攻。神勇剽姚掃漠北，冠軍侯爵鎮皇宮。
策勳勵賞五千户，制虜平蠻十萬戎。圖像長懸麒麟閣，景桓祠廟享祭隆。

註：霍去病，河東郡平陽人，衛子夫姨甥，衛青外甥，漢武帝時名將。《漢書・衛青霍去病傳》：「霍去病，大將軍青姊少兒子也。……年十八為侍中。善騎射，再從大將軍。大將軍受詔，予壯士，為票姚校尉，與輕勇騎八百直棄大將軍數百里赴利，斬捕首虜過當。」《史記・衛將軍驃騎列傳》：「是歲也，大將軍姊子霍去病年十八，幸，為天子侍中。善騎射，再從大將軍，受詔與壯士，為剽姚校尉。……驃騎將軍踰居延至祁連山，捕首虜甚多。天子曰：『驃騎將軍踰居延，……益封去病五千戶。』」景桓，漢武帝所賜謚號。

張騫

張騫受命展皇籌，出使征途歷險陬。戈壁驚沙志不動，胡兵雄陣馬聲啾。
鑿空西域絲綢路，抗擊匈奴博望侯。商貿宏興都護建，功勳百代凱歌謳。

註：張騫，字子文，漢中郡城人，西漢外交使者，開拓絲綢之路，漢武帝封之為博望侯。《史記・大宛列傳》：「騫以校尉從大將軍擊匈奴，知水草處，軍得以不乏，乃封騫為博望侯。……騫所遣使通大夏

之屬者皆頗與其俱來，於是西北國始通於漢矣。然張騫鑿空，其後使往者皆稱博望侯，以為質於外國，外國由此信之。」《漢書》有〈張騫傳〉，亦有相關記述。

衛青

北征西戰響笳聲，驃騎衛青弩鏑鳴。材幹絕人兵善用，身先士卒陣前迎。
大封侯爵八千户，七擊匈奴十萬營。保國功成遭病故，茂陵祠豎漢麾旌。

註：衛青，本姓鄭，字仲卿，河東郡平陽縣人，漢武帝名將，一生立功無數。司馬遷《史記・淮南衡山列傳》：「（衛青）大將軍遇士大夫有禮，於士卒有恩，眾皆樂為之用。騎上下山若蜚，材幹絕人。……大將軍號令明，當敵勇敢，常為士卒先」。」《史記・衛將軍驃騎列傳》：「最大將軍青，凡七出擊匈奴，斬捕首虜五萬餘級。」

趙充國

隴西豪傑趙充國，善射雄威聲譽聞。六郡精英良家子，四夷通曉羽林軍。
忠言獻疏輔王業，鐵騎攻堅立戰勛。智鬥羌戎平叛亂，屯田制敵策超群。

註：趙充國，字翁孫，原籍隴西上邽，西漢名將。《漢書・趙充國傳》：「趙充國字翁孫，隴西上邽人也，後徙金城令居。始為騎士，以六郡良家子善騎射補羽林。為人沉勇有大略，少好將帥之節，而學兵法，通知四夷事。」

黃霸

淮陽黃霸漢丞相，侍奉三朝弼帝尊。勤政清廉修法制，溫良謙讓不虛言。
無辜受罪陷牢獄，大赦逢時感聖恩。親炙夏侯尚書學，名成顯貴耀家門。

註：黃霸，字次公，淮陽陽夏人。西漢名臣，官至丞相。有關人事，見《史記・張丞相列傳》附傳，班固

《漢書．循吏傳》及〈夏侯勝傳〉有較多記述。

鄧禹

雲臺猛將居前首，鄧氏仲華勳業熙。統領王師收銅馬，臨危受命討赤眉。
高功天下遠名勢，產利無私不自肥。修整閨門家有法，尚文篤行德淳隨。

註：鄧禹，字仲華，南陽新野人。為漢光武帝平定天下功臣，「雲臺二十八將」之首。范曄《後漢書．鄧禹傳》：「時任使諸將，多訪於禹，禹每有所舉者，皆當其才，光武以為知人。使別將騎，與蓋延等擊銅馬於清陽。……光武籌赤眉必破長安，欲乘機並關中，而方自事山東，未知所寄，以禹沉深有大度，故授以西討之略。」清人姚之駰《後漢書補逸．鄧禹傳》：「禹內文明，篤行淳備，事母至孝。天下既定，常欲遠名勢。有子十三人，各使守一藝。修整閨門，教養子孫，皆可以為後世法。資用國邑，不修產利。」

馮異

精通兵法戰戎驍，大樹將軍勇不驕。受賜乘輿七尺劍，智降猛帥三輔搖。
奇謀亂敵建勛業，斬棘披荊衛漢朝。謙退融和嚴律紀，居功至偉及雲霄。

註：馮異，字公孫，潁川父城人，東漢開國名將。本為新莽潁川郡掾，歸順劉秀大破赤眉軍，智勇雙全，輔主建立東漢，封為征西大將軍、陽夏侯。其人其事，詳見《後漢書》本傳。

李膺

天下楷模李元禮，青州刺史政嚴明。恩威懾鎮遍羌土，剛直堅忠保漢京。
受任河南官令尹，竟遭北海賊誣抨。連番跌蕩陷災劫，黨錮傳中詳述評。

註：李膺，字元禮，潁川郡襄城縣人。《後漢書．黨錮列傳》：「學中語曰：『天下模楷李元禮，不畏強禦陳仲舉，天下俊秀王叔茂。』」又「初舉孝廉，為司徒胡廣所辟，舉高第，再遷青州刺史。守令畏

威明，多望風棄官。……以公事免官，還居綸氏，教授常千人。」有關事跡，詳見本傳。

蘇章

將侯家世漢蘇章，安帝舉賢爲議郎。諫主陳辭評弊政，賑饑拯急闢倉糧。

并州刺史解民怨，忠義堅剛懲虎倀。公正無私難受用，罷官不仕隱歸鄉。

註：蘇章，字孺文，扶風平陵人。《後漢書．蘇章傳》云：「章少博學，能屬文。安帝時，舉賢良方正，對策高第，為議郎。數陳得失，其言甚直。出為武原令，時歲饑，輒開倉廩，活三千餘戶。順帝時，遷冀州刺史。故人為清河太守，章行部案其奸臧。乃請太守，為設酒餚，陳平生之好甚次。太守喜曰：『人皆有一天，我獨有二天。』章曰：『今夕蘇孺文與故人飲者，私恩也；明日冀州刺史案事者，公法也。』遂舉正其罪。」有關人事，詳見本傳。

許靖

東漢名儒有許靖，汝南兄弟展宏圖。品評月旦遍天下，褒貶英雄烈丈夫。
輔主登基延漢祚，領銜進表建成都。薦賢厚澤興文教，太傅高風樹楷模。

註：許靖，字文休，汝南平輿人。《三國志．許靖傳》：「許靖字文休，汝南平輿人。少與從弟劭俱知名，並有人倫臧否之稱，而私情不協。……先主為漢中王，靖為太傅。及即尊號，策靖曰：『朕獲奉洪業，君臨萬國，夙宵惶惶，懼不能綏。百姓不親，五品不遜，汝作司徒，其敬敷五教，在寬。君其勖哉！秉德無怠，稱朕意焉。』」《三國志．先主傳》記劉備上表稱漢中王，以「左將軍長史領鎮軍將軍臣許靖」居次位。楷，粵有平上二音，樹名平聲，此外皆上聲。

許劭

秉義扶危漢許劭，三公直系任畿京。察觀朝野明清議，褒貶縱橫月旦評。

亂世奸雄批孟德，汝南彥士顯名聲。二龍淵出平輿郡，高節同兄齊和鳴。

註：許劭，字子將，汝南平輿人。《後漢書・許劭傳》：「初，劭與靖俱有高名，好共覈論鄉黨人物，每月輒更其品題，故汝南俗有『月旦評』焉。」又云：「曹操微時，常卑辭厚禮，求為己目。劭鄙其人而不肯對，操乃伺隙脅劭，劭不得已，曰：『君清平之姦賊，亂世之英雄。』」又云：「兄虔亦知名，汝南人稱平輿淵有二龍焉。」《三國志》亦有記述其人其事。劭，粵音紹，仄聲。

劉琨

氣概縱橫猛將麾，殲梟逆虜奮飛馳。封侯廣武二千户，大振雄心百萬師。編奏胡笳連五弄，悲嗟慷慨有三詩。奢豪爽直爲奸害，子姪株連遭滅夷。

註：劉琨，字越石，中山郡魏昌縣人。西晉政治、文學、音樂、軍事專家。以俊朗、雄豪著稱。存詩〈扶風歌〉、〈答盧諶〉、〈重贈盧諶〉三首，悲愴慷慨，後世傳誦。有關其人其事，詳見《晉書》本傳。

慕容恪

猛將兵家慕容恪，統軍縱馬力攻堅。威驚晉室延疆北，征討關中及洛邊。

定國興邦開偉業，勤王攝政振前燕。忠誠貞義安天下，病逝謚桓榮耀宣。

註：慕容恪，字玄恭，昌黎棘城人。十六國前燕政治家、軍事家。為前燕屢立軍功，安定家國，威震關中及西北方，輔助幼主，總攬朝政。後世尊之為十六國第一名將。其人其事，詳見《晉書》〈載記〉慕容氏諸篇。恪，粵音確，入聲。

謝安

望族名門道顯崇，謝安輔政振皇宮。太元聯陣戰淝水，北府精兵鬥霸戎。

百萬雄師全覆沒，六州收復建豐功。風流宰相保天下，德業鏗鏘世盛隆。

註：謝安，字安石。陳陽夏縣人，東晉名臣、政治家。淝水戰勝後，晉室安定，謝安乘勝派謝玄收復洛陽

及徐、兗、青、司、豫、梁六州。「風流宰相」之說，見《南齊書．王儉傳》：「儉常謂人曰：『江左風流宰相，唯有謝安。』蓋自比也。」有關謝安為人事跡，詳見《晉書．謝安傳》。太元，東晉武帝司馬曜年號。

王猛

王猛神威萬世勳，揮兵攻戰領雄群。掃清君側五公亂，都督關東六州軍。
剿滅前燕謀統一，臨終諫主義干雲。武功文治俱精善，將相奇才百代聞。

註：王猛，字景略，北海郡劇縣人，後居魏郡。善謀略，精用兵，文武雙全。軍紀嚴明，平定五公之亂，又揮軍侵滅前燕，都督關東六州軍事，為前秦政治、軍事、經濟建立穩固基石。有關人事，詳見《晉書》本傳。

吳隱之

吳氏隱之晉世賢，一生廉潔孝為先。任高甘苦同貧庶，母死喪哀祭唁憐。投水沉香明操節，賦詩述志飲貪泉。乾魚淡菜薄衣被，光祿大夫德儉便。

註：吳隱之，字處默，濮陽鄄城人。任晉陵太守、廣州刺史、度支尚書，後任御史中丞，領著作郎，遷左將軍。告老還鄉，授光祿大夫。《晉書》本傳：「有水曰貪泉，飲者懷無厭之欲。隱之既至，語其親人曰：『不見可欲，使心不亂。越嶺喪清，吾知之矣。』乃至泉所，酌而飲之，因賦詩曰：『古人云此水，一歃懷千金。試使夷齊飲，終當不易心。』及在州，清操逾厲，常食不過菜及乾魚而已。」傳末〈論〉云：「吳隱（之）酌水以厲精，晉代良能，此焉為最。」

韋孝寬

智勇雙全韋孝寬，領兵征戰解重難。南梁凱奏高封賞，西魏振興登將壇。

固守城池堅玉壁，反攻敵陣挽狂瀾。關東平定成勳業，三策軍書存世刊。

註：韋孝寬，名寬，一名叔裕，字孝寬。北魏、西魏、北周名將。官拜大司空、上柱國封鄖國公。周武帝欲滅北齊，韋孝寬上疏陳三策以應所需。詳見《資治通鑑》第一百七十二卷〈陳紀六〉、《北史》本傳。玉壁，山西地名。

王琳

王琳忠義志弘張，將相雄才文武揚。萬里飛箋傳庾信，三軍縞素哭蕭梁。屯兵白水伺機戰，佐主濡須領艦航。可恨天公慳眷顧，火攻勢反被殲亡。

註：王琳，字子珩，會稽山陰縣人。文武兼善，破侯景有功。與庾信有詩書交往，庾有〈寄王琳〉詩一首。《北齊書》本傳：「琳師次長沙，知魏平江陵，已立梁王詧，乃為梁元舉哀，三軍縞素。……及陳霸先即位，琳乃輔莊次於濡須口。陳遣安州刺史吳明徹江中夜上，將襲湓城。琳大破之，琳兵因東下，侯瑱拒之。時西南風忽至，琳謂得天道，將直取揚州。比及兵交，西南風翻為瑱用。琳兵放火燧

以擲船者，皆反燒其船，為陳軍所殺殆盡。」有關王琳人事，《陳書》、《南史》有記述。梁元，梁朝元帝蕭繹。

狄仁傑

忠剛耿正狄仁傑，鳳閣鸞臺侍聖頜。貶謫無辜爲澤令，平冤得直策征驂。
領軍十萬鎮河北，德政千秋譽汝南。御賜尚方斬馬劍，隆勳偉績繼堅儋。

註：狄仁傑，字懷英，號祁溪，并州太原人。唐時明經及第，曾任寧州刺史等職，皆有德政。武周時，狄仁傑由洛州司馬遷官侍郎，代理尚書事務，並加授同鳳閣鸞臺平章事，拜為宰相。後被誣告謀反，被貶彭澤，任縣令。後再次拜相，為河北道行軍元帥，征突厥有功，進拜內史。其人其事，詳見《舊唐書》、《新唐書》本傳，《唐會要》、《舊五代史》亦有記述。

李光弼

契丹宗族柳城鄉，光弼官遷赴朔方。受薦河東節度使，翦平安史鎮洛陽。
中興元帥稱第一，武穆豪雄保帝疆。沉毅籌謀兵有法，統軍將律最精良。

註：李光弼，營州柳城人，本為契丹族。平定安史之亂有功，受朝廷封賞，謚號武穆。《新唐書》本傳：「光弼用兵，謀定而後戰，能以少覆眾。治師訓整，天下服其威名，軍中指顧，諸將不敢仰視。初，與郭子儀齊名，世稱「李郭」，而戰功推為中興第一。」著有《統軍靈轄秘策》、《將律》等兵書。

李存孝

十三太保李存孝，武藝高超勢霸強。結誼朱邪飛虎子，威凌驍將鐵槍王。
剿平澤潞建勳業，戇直英雄招妒亡。車裂分屍遭慘殺，晉源風峪哭安郎。

註：李存孝，本名安敬思，代州飛狐縣人。勇武過人，戰無不勝，為李克用重用，收為義子。李克用，本

複姓朱邪，因有功被唐賜姓李，少年隨父朱邪赤心出戰，武藝非凡，軍中稱之為「飛虎子」。李存孝被陷謀反，受車裂刑於太原。《太原縣誌》有載「李存孝墓在縣七里風峪口」。《舊五代史》有傳，見卷五十四。《舊唐書》、《新唐書》、《新五代史》皆有記載其人其事。羅貫中輯《殘唐五代史演義》亦有詳述其事，「十三太保」一詞見於書中第十一回，人物名作安景思。誼，粵音義，仄聲。

王彥章

開國封侯王彥章，神威驍勇武功強。斬橋揮斧六百士，策馬飛馳一鐵槍。攻克南城德勝口，追殲北域李後唐。中都陷困成俘虜，寧死不降報大梁。

註：王彥章，字賢明，一字子明，鄆州壽張縣人。五代十國時，為後梁名將，被封為開國伯。《新五代史・死節傳》：「（王彥章）持一鐵槍，騎而馳突，奮疾如飛，而佗人莫能舉也。……彥章受命而出，馳兩日至滑州，置酒大會，陰遣人具舟於楊村，命甲士六百人皆持巨斧，載冶者，具韛炭，乘流而下。……舟兵舉鎖燒斷之，因以巨斧斬浮橋，而彥章引兵急擊南城。浮橋斷，南城遂破，蓋三日

矣。」《舊五代史》、《新五代史》、《資治通鑑》，有記載其人其事。

狄青

驍勇衝鋒越萬山，狄青銅面遠征蠻。精修武略勵兵卒，熟讀春秋制傲頑。

鎮塞堅防西夏亂，揮軍大勝崑崙關。深沈謹愼重情義，賞罰嚴明恤寡鰥。

註：狄青，字漢臣，汾州西河縣人。《宋史》卷二百九十卷：「（狄青）善騎射。初隸騎御馬直，選為散直。……時偏將屢為賊敗，士卒多畏怯，青行常為先鋒。……嘗戰安遠，被創甚，聞寇至，即挺起馳赴，眾爭前為用。臨敵被髮、帶銅面具，出入賊中，皆披靡莫敢當。……青起行伍而名動夷夏，深沈有智略，能以畏慎保全終始。」

韓琦

德厚儀敦器格奇，敢言直諫宋韓琦。屯耕戍守保疆土，救旱開倉賑苦飢。
疏議當機奏七事，反批變法制三司。詩文書法宗傳統，閨閣倚聲寄婉思。

註：韓琦，字稚圭，號贛叟，北宋相州安陽縣人。進士出身，歷任將作監丞、開封府推官、右司諫等職，為相十載、輔佐三朝。詩、文、詞皆精擅，工書法，尤善楷書。家藏書萬卷，於安陽建萬籍堂。有《安陽集》傳世。

陸秀夫

師承孟氏宋鴻儒，擔道堅忠陸秀夫。末世傾亡遭劫戮，當朝危難奮撐扶。
險逢萬死尋生路，誓保二王重建都。殉節崖山成大義，揹君投海不降奴。

註：陸秀夫，字君實，楚州鹽城人。受業於名儒孟逢大、孟逢原，博覽群書，精研程朱理學。元兵攻佔中

原，千里追擊宋室遺裔，陸氏於崖山負宋帝昺投海殉國。有關事跡，詳見《宋史》。《三合鎮志》、《開平縣誌》有記載其墓葬及有關事跡。有《陸忠烈集》傳世。

脫脫

元代名臣有脫脫，中書丞相佐皇圖。兼精文武適時用，受任朝廷執虎符。
編撰遼金宋三史，領修河道十萬夫。交鈔頒發便商貿，廣利通行市易衢。

註：脫脫，字大用，蒙古蔑兒乞氏。早年受業於蒲江吳直方，精通漢文，曾任御史中丞、虎符親軍都指揮使，先後兩次任丞相。後被彈劾，流放雲南。主編《遼史》、《宋史》、《金史》。其人事及政績，詳見《元史》本傳。

徐達

大明徐達德高崇，文武雙馨萬世雄。義貫雲霄昭日月，弘開皇業戰西東。
驅蠻掃虜功第一，破陣拔城勇無窮。重九秋聲長唱詠，延安廟殿享祠豐。

註：徐達，字天德，濠洲鍾離縣人。元末明初，淮西廿四將之首，驍勇善戰，有謀略，文武兼精，為大明開國第一功臣。著有〈金陵重九〉、〈瀾渡秋聲〉、〈茉莉花〉等。南京有徐達府邸花園，其中有廟殿，名為「延安殿」。其人事及政績，詳見《明史》本傳。

孫霖

氣象橫空轉斗魁，孫霖文武狀元才。倒戈靖難清君側，受命勤皇登將臺。
交趾除奸戰黎利，磊江得勝息凶災。班師返國論功賞，永樂鴻基大業開。

註：孫霖，明人，生卒不詳。《明史》無傳，永樂年間任都指揮使南征交趾，大敗黎利於磊江。有關事跡

見朱彝尊《成祖本紀》。

況鍾

兩袖清風稟性賢，嚴明公正況青天。蘇州三度任知府，德政十年入史篇。
急賑貧窮興教化，大修水利減租田。一生忠義無私己，享贊千秋美譽延。

註：況鍾，字伯律，江西靖安縣人，為政廉潔，判案公正嚴明，有「況青天」美譽。著有《況太守集》、《況靖安集》。其人事及政績，詳見《明史》本傳。

于謙

浙江自古多名彥，明有鴻儒于節庵。兵部尚書嚴法紀，西南巡撫肅驕貪。
堅忠拒敵衛家國，弼掖皇權抗亂戡。熱血一腔遭陷害，石灰吟銘表深耽。

註：于謙，字廷益，號節庵，浙江杭州人。明朝忠臣，任山西、河南巡撫、兵部尚書、太子太傅，因奪門之變被處死。其少年時名作〈石灰吟〉一直廣傳後世，〈荒村〉、〈平陽道中〉、〈詠煤炭〉、〈岳忠武王祠〉等，皆傳頌後世。

海瑞

大明海瑞德彰昭，先祖清廉南宋翹。興國宏圖薦八議，畢生耿直侍四朝。
敢呈犯主治安疏，倡革威權怒九霄。高義爲民寧死諫，剛峰美政入衢謠。

註：海瑞，字汝賢，號剛峰，廣東瓊山人。歷任州判官，戶部主事、尚寶丞、兩京左右通政等職，經歷正德、嘉靖、隆慶、萬曆四朝。處事嚴正，不畏強權，懲治貪官，鐵面無私，有「海青天」之譽。〈興國八議〉、〈治安疏〉收錄於《海忠介公全集》。

宗臣

忠臣之後有宗臣，承祖貞剛系嫡親。文武兼修提學使，詩書絕妙世奇珍。
西門殺賊抗侵戰，東海殲倭及岸濱。勇抗權奸堅節烈，大明列傳細詳陳。

註：宗臣，字子相，號方城山人，興化人。宋臣宗澤之後，明後七子之一。著有《宗子相集》。《明史·列傳·文苑》：「（宗臣）由刑部主事調考功，謝病歸，築室百花洲上，讀書其中。起故官，移文選。進稽勳員外郎，嚴嵩惡之，出為福建參議。倭薄城，臣守西門，納鄉人避難者萬人。……尋遷提學副使，卒官，士民皆哭。」行書有名，有〈與服甫書〉存世。

張居正

一代賢臣張居正，盡心爲國開太平。肅清惡吏考成法，諫止豪奢衛帝京。
堅壘礪兵殲外敵，查糧分土恤民情。高功竟被奸彈劾，死後抄家遭貶抨。

註：張居正，字叔大，號太嶽，幼名張白圭，生於江陵，故稱「張江陵」。輔佐明萬曆皇帝推行新政，其中「考成法」頗見實效，「雖萬里外，朝下而夕奉行」（見《明史》本傳）。

朱珪

清世朱珪政德嚴，拯災賑急智仁兼。五經嫻熟博通曉，四庫全書總閱詹。
兩廣官銜攘外侮，一生高潔守清廉。致誠虛己養心性，知不足齋學品謙。

註：朱珪，字石君，號南崖、南厓，晚號盤陀老人。與兄朱筠，皆樸學聞名，時稱「二朱」。曾任《四庫全書》總閱、實錄館總裁、國史館正總裁、會典館正總裁，總修《清高宗實錄》。任兩廣總督，堅守國土，出海抗敵。為人清廉，曾上五箴於清仁宗：「養心、敬身、勤業、虛己、致誠」。（見《清史稿》〈列傳〉一百二十七卷）有《知不足齋詩文集》傳世。珪，粵音圭，平聲。

劉蓉

國勢顚危多禍殃，劉蓉文武振興昌。心懷大志安天下，苦讀經書養晦堂。
學系桐城研理性，統兵巡撫鎭頑強。開荒墾土拯民瘼，德澤湖湘及遠疆。

註：劉蓉，字孟容，號霞仙，湖南湘鄉人，清湘軍將領，學宗桐城古文，官至陝西巡撫。著有《養晦堂詩集》、《養晦堂文集》、《思辨錄疑義》等。其人其事，詳見《清史稿》本傳。

陸潤庠

清末名臣陸潤庠，臨危弼政繼前航。蘇州辦廠勵經濟，吏部推新備憲章。
書法精修歐虞體，詩文蘊藉儒道腸。德高樸儉清寒士，侍讀王孫守故疆。

註：陸潤庠，字鳳石，號雲灑、固叟，元和人。歷任國子監祭酒、山東學政、國子監祭酒，於蘇州總辦蘇州商務。辛亥後，留清宮，贈太子太傅，謚文端。

丁篇

盤古

中華神話有盤古，闢地開天化萬千。徐整詳於三五歷，沖之述異記修傳。
初如雞卵而生變，日月山河出冥玄。仙苑灌珪元氣論，諸朝錄著並云焉。

註：盤古神話之較早文獻記載，可追溯三國徐整《三五歷記》，此說輯於唐世《藝文類聚》。另南朝祖沖之《述異記》亦有記云，此說見於宋代《崇文總目》。唐《唐開元占經》、《開天傳信記》、《灌珪暇語》，五代《仙苑編珠》、《錄異記》，宋人張藻〈元氣論〉等，皆有盤古之記述。

夸父

古有奇聞說夸父，傳於列子山海經。或云曾作朱丹將，遞訊飛奔任使丁。

逐日途長而渴死，飲河難饜不能停。事情荒誕焉可信，石跡遺今在零陵。

註：《山海經．海外北經》：「夸父與日逐走，入三日。渴欲得飲，飲於河、渭，河、渭不足，北飲大澤。未至，道渴而死。」《列子．湯問》：「夸父不量力，欲追日影，逐之於隅谷之際。渴欲得飲，赴飲河、渭。河、渭不足，將走北飲大澤。未至，道渴而死。」《太平御覽》卷三八八，引《荊州記》云：「零陵縣石上有夸父跡。」

赤松子

赤松子乃古仙人，齊俗淮南略記陳。吐納遺形除去智，遊眩抱素返歸眞。隨風司雨而上下，入火自燒不傷身。炎帝千金隨學法，飛昇得道出紅塵。

註：赤松子，又名赤誦子，中華傳說之上古仙人。相傳為神農氏時之雨師，其事早見於《淮南子．齊俗訓》。《列仙傳》、《神仙傳》、《太平寰宇記》、《韓詩外傳》等，亦有相關記述。

嫦娥

山海經文記怪訛，民間流播有嫦娥。歸藏首載飛奔月，靈藥偷呑悔若何。
億仞遠離難會見，千秋遺恨苦蹉跎。荒唐妄誕諷人事，中外古今傳說多。

註：嫦娥，古作姮娥、素娥、常娥等，及漢因避文帝諱，而改稱嫦娥。蕭統《文選》於王僧達〈祭顏光祿文〉及謝莊〈月賦〉注文，曾引商朝《歸藏》有「嫦娥奔月」典事。《山海經》、《淮南子》、《搜神記》等，有記述嫦娥之事跡，及至文學作品如《西遊記》、《聊齋志異》等，其嫦娥之學形象有所不同。

趙氏孤兒

智鬥奸臣屠岸賈，程嬰韓厥與公孫。捨生救主義逢義，趙氏孤兒冤報冤。
左史諸書曾載錄，下宮之難亂乾坤。君祥雜劇新編訂，遠播西歐翻譯存。

註：「趙氏孤兒」故事原材料最早見於左傳，西漢司馬遷《史記·趙世家》、劉向《新序》、《說苑》亦有記載。元朝雜劇家紀君祥編成劇作，全名為〈趙氏孤兒大報仇〉，篇名亦有作〈冤報冤趙為楚〉，簡稱〈冤報冤〉。清世傳至歐洲，翻譯成法語而廣泛流傳。

王質

自古奇聞志怪延，晉時王質遇神仙。志林短節曾描記，述異成篇收錄傳。
伐木入山見童子，觀棋啗棗止飢涎。比還執斧竟柯爛，回返家園逾百年。

註：王質，西晉衢州人。入山遇仙事，歷來民間廣泛傳說。東晉虞喜《志林》、後魏酈道元《水經注》、梁朝任昉（字彥昇）《述異記》等，均有記述其事。歷朝文學作品，如小說、戲曲之類，亦有以「王質遇仙」事為創作題材。

樊梨花

轉世女神仙碧霞，說唐故事樊梨花。征西殺敵大元帥，抗北攻堅戰鳴沙。
三請三休眞曲折，重情重義保夫家。寒江關下雌虎將，古劇傳揚盛讚誇。

註：樊梨花為虛構人物，最早溯源至唐代，野史、方志、民間傳說、話本、戲曲亦有類似內容。清乾隆年間有講史小說《說唐三傳》，又名《異說後唐傳三集薛丁山征西樊梨花全傳》，後稱《征西全傳》，又有專輯名為《反唐演義全傳》。仙女轉世之說見於明清通俗文學。有關人物情節，京劇、婺劇、豫劇、粵劇、崑劇等亦有演繹。

穆桂英

穆氏桂英女虎賁，英雄傳說議紜紛。轅門殺敵救夫婿，巾幗衝鋒掃萬軍。
仙降凡間來轉世，陣中產子亦奇聞。可參州志尋眞相，保德慕容事寄云。

註：穆桂英乃民間小說《楊家府演義》、《楊家將演義》等書中人物，時代背景為北宋。穆桂英與楊家將征戰西夏諸國，屢建奇功。陣中產子事，見古劇〈鬥天門〉。樊梨花亦有於金光陣產子事，此見清人《薛丁山征西》。有學者按山西《保德州志》考尋其人及典事之來源。

梁紅玉

抗金雄傑梁紅玉，護國英豪征戰頑。擂鼓揮軍黃天蕩，織蒲爲屋楚州灣。
反攻兀朮十萬卒，殺出生途兩狼關。奏劾夫君曉大義，失機縱敵確愧顏。

註：梁紅玉，抗金女英雄，史書不見其名，只稱梁氏。《宋史‧韓世忠傳》：「世忠披草萊，立軍府，與士同力役。夫人梁親織薄為屋。將士有怯戰者，世忠遺以巾幗，設樂大宴，俾婦人妝以恥之，故人人奮厲。」「紅玉」乃民間故事、話本小說所述之名，明人張四維傳奇《雙烈記》：「奴家梁氏，小字紅玉」。《乾隆淮安府志》：「梁奏言世忠失機縱敵，乞加罪責，舉朝為之動色，再封楊國夫人。」

李師師

汴京名妓艷芳芬，善舞精歌藝出群。才子詞人皆愛慕，帝皇俠盜獻殷勤。

師師愁緒輕彈淚，款款含情拭鬢雲。恨怨分明奇女子，江湖仗義飛將軍。

註：李師師，汴京人，北宋著名歌妓，擅長歌舞，深諳詩詞。其人其事，多見於野史、小說。《水滸傳》（《大宋宣和遺事》）有提及李師師與宋江、燕青、徽宗之人事描寫。李師師別號「紅妝季布」、「飛將軍」，亦見其豪爽、慷慨江湖氣質。北宋不少詞人、名士，乃至宋徽宗及其臣亦曾與之交往。有張先作新詞牌〈師師令〉「香鈿寶珥」，秦觀撰〈一叢花〉「年來今夜見師師」、晏幾道寫〈生查子〉「遠山眉黛長」、周邦彥擬〈玉團兒〉「鉛華淡佇新妝束」等。《水滸傳》人物，前作《望雲窗詩稿》及《望雲窗詩稿續編》已有撰述，今將新作置於此。

鄧飛

鄧飛仗義勢濤洶，火眼狻猊振銳鋒。兄弟同心棄飲馬，祝家莊戰鬥狂龍。
攻殲太乙渾天陣，無懼危關犯險凶。地闔星君肝膽壯，挺槍揮鏈領兵衝。

註：鄧飛，因雙睛紅赤，綽號「火眼狻猊」，襄陽府人，原是飲馬川二寨主。因認識楊林，受到戴宗招納而加入梁山。於一百零八將中，排第四十九位，上應地闔星，職司為馬軍小彪將兼遠探出哨頭領。狻猊，粵音酸危，平聲。

關勝

再世雲長關大刀，青龍偃月陣前操。馬軍五虎居魁首，結義雙雄最壯豪。
三戰杭州征石寶，一招破寨建功高。神威勇猛懾江海，武節封侯受賞褒。

註：關勝，河東解良人，綽號「大刀開勝」，梁山聚義排名第五，位居馬軍五虎將一位，上應天勇星。三

國名將關羽之後，秉承青龍偃月刀法。與郝思文為結義兄弟，歸降梁山。後授為武節將軍、大名府正兵馬總管。

郝思文

思文豪氣志強頑，寥落蒲東任賦閑。井木歸元七星宿，精通武藝十八般。
先鋒攔路戰飛虎，結義金蘭助赤關。血染沙場身不顧，地雄長耀照梁山。

註：郝思文，綽號「井木犴」，據《二十八宿真形圖》所載，井宿乃南方七宿之首，五行屬木。精通十八般武藝，與關勝為結義兄弟。一百零八將之一，排第四十一位，上應地雄星，任馬軍小彪將兼遠探出哨頭領。攻大名府時，與關勝同任前部先鋒，殺入飛虎峪。杭州大戰被俘犧牲，追封「義節郎」。

石秀

梁山石秀武威強，拚命三郎力猛剛。智破盤陀機械陣，勇攻方臘惡奸亡。
單人匹馬戰刑吏，一髮千鈞劫法場。昱嶺關前遭慘殺，犧牲壯烈義芳香。

註：石秀，原籍金陵建康府，好打不平，江湖稱「拚命三郎」。以一人之力義劫法場，勇救盧俊義。後投奔梁山為第八名步軍頭領，與楊雄駐守西山。梁山聚義排座次第三十三位，上應天慧星。征討方臘，與史進、楊春等大戰昱嶺關，為敵將亂箭射殺，死後追封為「忠武郎」。

董平

水滸英雄龍虎儔，董平百藝更精優。機靈善戰雙槍將，儀表風流萬户侯。
豪邁千般無退怯，神威一撞勇當頭。獨松關下遭殲擊，天立星沈悲恨悠。

註：董平，河東上黨郡人氏，善用雙槍，綽號「雙槍將」。本為東平府兵馬都監，後歸順梁山。一百零八

將之一，排第十五位，上應天立星。任馬軍五虎將，出陣輒當先鋒，勇打頭陣，又稱「董一撞」。征方臘時，戰死於獨松關，追封「忠武郎」。

劉唐

梁山赤髮鬼劉唐，善使朴刀武藝強。十萬民資成壽禮，七星怒劫生辰綱。
三關坐鎮抗圍殺，兩敗頑兇燒敵航。天異雄魁殺破陣，南征北伐戰功彰。

註：劉唐，東潞州人氏，綽號「赤髮鬼」，善使扑刀。他與晁蓋、吳用、公孫勝等七人結義，同劫生辰綱。後上梁山聚義，排第二十一位，上應天異星，任步軍頭領。征方臘時戰死於杭州，追封「忠武郎」。

雷橫

臂力過人插翅虎，命中上應天退星。難堪老母被欺侮，怒火沖霄招罪刑。
避入梁山爲步領，遠征方臘掃遼廷。九宮八卦守南陣，神勇雷橫威震霆。

註：雷橫，鄆城縣人，綽號「插翅虎」，善用扑刀，鐵匠出身，本為縣步兵都頭。因母親受辱而打死妓女白秀英，到梁山落草避難。一百零八將之一，排第二十五位，上應天退星，任步軍頭領。征打方臘時，戰死於德清縣，追封「忠武郎」。

施恩

施恩綽號金眼彪，職任管營在孟州。好義結交英雄漢，林中禮遇武都頭。
錦衣酒肉酬忠友，亡命江湖待展籌。得運時來逢路轉，二龍山上覓封侯。

註：施恩，綽號「金眼彪」，孟州當管營，於快活林認識武松，後三山聚義隨二龍山兄弟歸附梁山宋江，

司職步軍頭領。梁山排名八十五位，上應地伏星，死後追風「義節郎」。

湯隆

延安知寨世家子，天賦奇才擅械鏜。冶鐵精通金錢豹，專工鑄造鉤鐮鎗。
神兵巧破連環馬，製器供輸忠義堂。位列梁山八十八，地孤星閃耀炫煌。

註：湯隆，延安府知寨官之子，綽號「金錢豹子」。出身鐵匠，於武岡鎮打鐵為生，後加入梁山，精製鉤鐮槍，為梁山大破連環馬立功。一百零八將之一，排第八十八位，上應地孤星，專責監造兵器。征方臘戰死，追封「義節郎」。

顧大嫂

梁山聚義有顧氏，巾幗英雄母大蟲。八卦陣中威振海，虎頭刀法疾如風。

短兵勇鬥方天戟，縱馬衝鋒戰火熊。智破牢籠援兩弟，地陰星照永高崇。

註：顧大嫂，登州人氏，綽號「母大蟲」，善使雌雄虎頭刀。與丈夫孫新開店為生，為救表弟解珍、解寶而劫獄，迫上梁山。排第一百零一位，上應地陰星。征討田虎，與扈三娘合戰瓊英之方天畫戟。征方臘有功，封「東源縣君」。

朱仝

英雄好漢有朱仝，氣魄堂堂精武功。私放雷橫遭刺配，甘承脊杖入牢籠。

任稱水滸先鋒使，仗義江湖美髯公。落草梁山來比拼，九龍刀戰黑旋風。

註：朱仝，鄆城縣人，曾為鄆城縣馬兵都頭。義釋劫掠生辰綱晁蓋七人，後又釋放雷橫而被刺配滄州。面如重棗，頷下鬍鬚堪如關雲長形象，人稱「美髯公」，善使九龍朝陽刀。梁山排第十二位，上應天滿星應，任馬軍八驃騎兼先鋒使。

馬麟

水滸英雄鐵笛仙，馬麟智勇猛攻堅。征遼大破水星陣，殺敵飛翻烏嶺巔。

霍霍雙刀鬥女將，嗚嗚一奏響清川。睦州劇戰最悲壯，小說百回詳述傳。

註：馬麟，南京建康府人，善吹笛，精使雙刀，綽號「鐵笛仙」。本為黃門山三寨主。欽慕宋江高義而入夥梁山。一百零八將之一，排第六十七位，上應地明星，任馬軍小彪將兼遠探出哨頭領。戰死於烏龍嶺，追封「義節郎」。

解珍、解寶

雙尾蠍同兩頭蛇，解珍解寶獵戶家。含冤受屈陷牢獄，摧嶺翻江殲悍衙。

統領步軍破妖陣，精通渾鐵點鋼叉。烏龍攻戰最悲壯，慷慨犧牲忠義嘉。

註：解珍，綽號「兩頭蛇」。解寶，綽號「雙尾蠍」。兄弟二人都是登州獵戶，善用渾鐵點鋼叉。因獵虎

被陷害入獄，越獄後迫上梁山。解珍，上應天暴星；解寶，天哭星，皆職司為步軍頭領。征討方臘時，一同戰死於烏龍嶺。

時遷

渾號稱之鼓上蚤，梁山怪傑有時遷。飛檐走壁好身手，潛匿望風百技專。
偷甲成功破敵陣，出鉤絆馬勢崩川。機靈善變多謀略，地賊星君忠義全。

註：時遷，高唐州人氏，偷盜為業，能飛檐走壁，人稱「鼓上蚤」。於東京盜取雁翎金圈甲，以賺取徐寧上梁山製鉤鐮鎗。一百零八將之一，上應地賊星，任走報機密頭領。後因病死於杭州，追封「義節郎」。

凌振

東京甲仗庫凌振，武藝精通戰寇戎。風火炸穿飛虎寨，連珠擊破鈕文忠。
轟天雷將殲方臘，聚義梁山建大功。絕技神威無比敵，宋朝第一炮英雄。

註：凌振，綽號「轟天雷」，祖籍燕陵，號稱「宋朝天下第一個炮手」，善製火炮，能打十四五里遠。精通武藝，弓馬熟嫻，原是東京甲仗庫副使炮手。擅用三種火炮，分別為風火炮、金輪炮、子母炮。梁山大軍攻大名府時，凌振在飛虎峪放火炮助攻。於梁山專職製造大小火炮，一百零八將之一，上應地軸星。招安後隨梁山大軍征戰，為火藥局御營任用。

穆弘

性情剛烈沒遮攔，水滸穆弘非等閑。劇戰祝家擒猛虎，朴刀守寨制頑蠻。
遠殲童貫十萬卒，補給中軍鎮三關。敵愾同仇殊死鬥，征袍血染滿朱殷。

註：穆弘，江州揭陽鎮人氏，出身富戶，武藝高強，善使扑刀及長槍，性情剛烈，人稱「沒遮攔」。一百零八將之一，上應天究星。任馬軍八驃騎兼先鋒使，攻打童貫時任中軍羽翼，專責護持中軍。征方臘時病逝杭州，追封「忠武郎」。殷，音班，刪韻，血色赤黑。

李應

聚義梁山鬥霸驍，李應綽號撲天鵰。飛刀五把不虛發，渾鐵一槍將敵梟。
大破玉關生死戰，供輸糧草遠征遼。陷城殺陣最神勇，武節功高越九霄。

註：李應，鄆州人氏，善使渾鐵點鋼槍，背藏五把飛刀，能百步取人，綽號「撲天鵰」。一百零八將之一，排第十一位，上應天富星，掌管山寨錢糧出納。征方臘後，授中山府鄆州都統制，回京封為「武節將軍」。

孫立

孫立梁山地勇星，登州提轄會群英。皂袍金甲烏騅馬，善使鋼鞭長鐵槍。

殲滅遼番寇鎮遠，圍攻田虎鬥方瓊。連環陷陣擒雷炯，病尉遲威鑾敵驚。

註：孫立，瓊州人氏，武功高強，善使鋼鞭及長槍，綽號「病尉遲」。一百零八將之一，排第三十九，上應地勇星。義救解氏兄弟，助戰祝家莊，又遠征方臘，勇戰遼將寇鎮遠及田虎四將之一方瓊，生擒驍將雷炯。後授封「武奕郎」，返回登州任官。

紅孩兒

聖嬰練術隱山居，百厭星君弄假虛。少小修眞三昧火，噓呼妖運五行車。

尖槍亂刺欺菩薩，大話連番戲老豬。佛祖金箍唸緊咒，降皈正道惡根除。

註：紅孩兒，《西遊記》角色之一，本名牛聖嬰，牛魔王與鐵扇公主之子，綽號「聖嬰大王」、「運財童

子」。曾在火焰山修煉三百年，煉成了三昧真火，到鑽頭號山作惡為非，最後如來佛祖用金箍將其降服。《西遊記》人物，前作《望雲窗詩稿》及《望雲窗詩稿續編》已有撰述，今將新作置於此。

白骨精

白骨成屍魔，唐僧路遇過。連環試三變，少女老公婆。以假亂眞相，惑迷作惡多。
師徒中反間，邪正互淆訛。法眼破妖孽，棒殲之頃俄。取經道繼往，頻唸揭摩訶。

註：白骨精乃《西遊記》一妖魔角色，詳見書中第廿七回〈屍魔三戲唐三藏　聖僧恨逐美猴王〉。

蜘蛛精

四師徒上路，三藏化齋緣。錯墮盤絲洞，色迷濯垢泉。七妖來誘騙，八戒被勾纏。
蒸食唐僧肉，速成不老仙。悟空來打救，揮棒血横濺。殺破蜘蛛網，淫魔化縷煙。

註：蜘蛛精乃《西遊記》一妖魔角色，詳見書中第七十二回〈盤絲洞七情迷本　濯垢泉八戒忘形〉。濺，粵音有平仄兩讀，此讀平聲，直音箋。

金陵十二釵

悲劇紅樓夢，金陵十二釵。分場各表述，相較罕和諧。角色具才艷，人情見俗乖。
去來興與替，苦命同天涯。紅粉歷生死，哀榮入土埋。百年只一瞬，愛恨自心懷。

註：金陵十二釵，見於《紅樓夢》第五回，賈寶玉夢中於「薄命司」發現「金陵十二釵」冊子，當中提示十二位女性名稱，有關詩句韻語暗示了各人之特質與遭遇。

司馬徽

潁川陽翟有鴻儒，水鏡先生德學俱。經義博通傳道術，奇門秘授出高徒。

知人善察薦諸葛，速徑易迷勸鳳雛。利祿功名無所動，閑遊山野種桑榆。

註：司馬徽，字德操，潁川陽翟人。精通奇門、經學，有「水鏡先生」之稱。《世說新語．言語》：「遇德操採桑，士元從車中謂曰：『吾聞丈夫處世，當帶金佩紫，焉有屈洪流之量，而執絲婦之事。』德操曰：『子且下車，子適知邪徑之速，不慮失道之迷。昔伯成耦耕，不慕諸侯之榮；原憲桑樞，不易有官之宅。何有坐則華屋，行則肥馬，侍女數十，然後為奇。此乃許、父所以慷慨，夷、齊所以長嘆。雖有竊秦之爵，千駟之富，不足貴也。』」按《世說新語》所引，有〈司馬徽別傳〉。《三國志》則無傳。以下所述三國人物及其事跡，皆以見於《三國演義》為本，旁及其他史料參考。《三國演義》人物，前作《望雲窗詩稿》及《望雲窗詩稿續編》已有撰述，今將新作置於此。

黃蓋

輔主征南北，堅忠膽力強。尋陽鎮九縣，勇猛聞四方。苦肉詐降敵，火攻抗魏狂。蒙衝聯鬥艦，海戰神威揚。赤壁敗曹賊，孫吳勢盛昌。功高入史冊，黃蓋譽榮彰。

註：黃蓋，字公覆，荊州零陵人。孫堅麾下猛將，赤壁之戰，主理詐降及火攻戰略，大敗曹操，享有高功。其人事跡，詳見《三國志》本傳，《三國演義》亦有描述，文學性較豐富。

李典

李典魏儒將，經書博覽頻。陣旗風展展，謙厚禮恂恂。官渡保糧草，伺機奪水濱。合肥八百卒，破敵十萬人。赤壁兵七路，關中戰三秦。重義無私隙，尊賢德日新。

註：李典，字曼成，山陽鉅野人。陳壽《三國志》本傳云：「典好學問，貴儒雅，不與諸將爭功。敬賢士大夫，恂恂若不及，軍中稱其長者。」又評：「李典貴尚儒雅，義忘私隙，美矣。」清人邵之棠《皇朝經世文統編·經武部一·武備》載趙翼〈古來用兵兵多者敗〉：「其以少擊眾，戰功最著者，如合肥之戰，張遼李典以步卒八百，破孫權兵十萬。」文學角色出場見於《三國演義》第五回。

陸遜

陸遜兼文武，江東大傑英。豫州來問罪，對陣在夷陵。智勇吳都督，火燒蜀連營。
挺兵殲魏卒，敗敵於石亭。出入爲將相，貞忠保帝廷。位高比伊呂，百世譽芳馨。

註：陸遜，本名陸議，字伯言，吳郡吳縣人。陸遜文武兼備，畢生仕於孫吳，統領軍政。為人深謀遠慮，忠誠耿直。陳壽《三國志．陸遜傳》記孫權下詔予陸遜云：「昔伊尹隆湯，呂尚翼周，內外之任，君實兼之。」陳壽評曰：「及遜忠誠懇至，憂國亡身，庶幾社稷之臣矣。」文學角色在《三國演義》第八十四回有描述。

張松

蜀郡有張松，傲狂禮弗恭。頭尖身短小，言語若銅鐘。出使不爲用，撫心氣鬱沖。
兵書看即背，記憶非凡庸。轉向投明主，獻圖示徑蹤。暗中作內應，事洩命遭凶。

註：張松，字子喬，蜀郡成都人。為劉璋別駕從事，遣往投曹不為用而心懷怨恨。回蜀後，勸劉璋結好劉備。最後因暗助劉備而被告發，為劉璋所殺。《三國志》無傳。文學角色在《三國演義》第六十回出場，云：「姓張，名松，字永年。其人生得額钁頭尖，鼻偃齒露，身短不滿五尺，言語有若銅鐘。」

孟獲

南方政不穩，蠻族勢狂猖。孟獲起兵反，孔明用武強。七擒又七縱，義釋盡歸鄉。

愧感眞誠服，歸降守漢疆。繼遷任御史，自治備軍糧。裴注華陽志，滇兀紀略詳。

詳：七擒孟獲，《三國志》無記述，裴注則有引述。明人謝肇淛《滇兀紀略》又簡稱《滇略》，有記「七縱七擒」孟獲事，詳見卷五。《華陽國志》、《漢晉春秋》、《資治通鑑》等亦有記述。文學角色在《三國演義》第八十七回開始有描述。

曹洪

魏武帝從弟，曹洪最猛雄。滎陽勇救駕，護主避殲攻。官渡守城寨，保家立戰功。漢中拒蜀卒，戰鬥火熊熊。下辯退張馬，斬兵威勢隆。御林軍統領，賜賞樂城豊。

詳：曹洪，字子廉，沛國譙縣人。三國時期曹魏名將，曹操從弟，參與多場重要戰役，功勞不少。魏明帝時，任後將軍，受封樂城縣侯，累拜驃騎將軍。《三國志》有傳記述其人其事。文學角色在《三國演義》第五回出場。

管寧

系承齊相國，北海郡管寧。處世深明道，知機辨渭涇。詩書授士眾，講學遼東庭。重聘弗爲動，避而不鑽營。臥樓帶白帽，拒仕魏曹廷。高潔守名哲，千秋懿德馨。

註：管寧，字幼安。北海郡朱虛人，戰國齊相管仲之後。漢末時，因避兵災而出走遼東，於當地講授

《詩》、《書》及說解祭禮。後返回故鄉，曹魏數次徵召，皆婉拒不受。《三國志》有傳記述其人其事。文學角色在《三國演義》第六十六回有詳細描述，謂其「常帶白帽，坐臥一樓，足不履地，終身不肯仕魏」。

夏侯淵

英雄出漢魏，譙郡夏侯淵。圍剿五關口，陷城摧敵堅。進攻似猛虎，破陣如崩川。恃勇不知怯，曹公常誡宣。定軍山戰死，鹿角血橫濺。遺址許昌地，有墳碑立焉。

註：夏侯淵，字妙才，沛國譙郡人。東漢太僕夏侯嬰之後，從魏武帝南征北伐，屢建功勳。《三國志·魏書·夏侯淵傳》：「初，淵雖數戰勝，太祖常戒曰：『為將當有怯弱時，不可但恃勇也。將當以勇為本，行之以智計。但知任勇，一匹夫敵耳。』」文學角色在《三國演義》第五回登場。

王允

漢司徒王允，足智又多謀。決心除國賊，巧計殲奸仇。獻美並離間，上朝殺郿侯。
事成不解怨，亂起在涼州。舊屬互猜忌，長安碧血流。居功而自傲，魂斷宣平樓。

註：王允，字子師，太原祁縣人，東漢末大臣。獻帝即位後，拜為太僕，遷尚書令，兼為司徒。董卓攝政，封王允為溫侯。王允暗結呂布為內應，誅殺董卓。之後欲解散涼州舊部而惹起混亂，結果亂兵攻入長安，王允被殺。有關人與事，詳見《後漢書》、《三國志》本傳。文學角色在《三國演義》第三回登場。

廖化

蜀軍有廖化，屢戰任先鋒。忠義侍先主，持兵策馬從。猇亭鬥陸遜，都督征江東。
白水守南岸，屯營抗北攻。陰平堅要塞，劍閣拒侵戎。老將建功業，中鄉侯爵崇。

註：廖化，本名淳，字元儉，荊州南郡襄陽中盧人，蜀國名將。劉備封為宜都太守，歷任廣武都督、陰平太守、右車騎大將軍、并州刺史，封爵中鄉侯。蜀國破滅，與宗親遷歸河南洛陽。有關人與事，詳見《三國志》、《晉書》、《漢晉春秋》等書。文學角色在《三國演義》第二十七回登場，一百回後比較活躍。本詩用東、冬二韻。

程普

猛將建勳功，虎臣戰績豐。陽人破董卓，助主振江東。殺寇平兵亂，揮矛救主公。

樂安殲叛變，南郡拒奸攻。赤壁任都督，敗曹火海中。周郎同酒醉，程普楚吳雄。

註：《三國志·程普傳》：「程普，字德謀，右北平土垠人也。初為州郡吏，有容貌計略，善於應對。從孫堅征伐，討黃巾於宛、鄧，破董卓於陽人，攻城野戰，身被創夷。」《三國志·吳主傳》：「瑜、普為左右督，各領萬人，與備俱進，遇於赤壁，大破曹公軍。公燒其餘船引退，士卒飢疫，死者大半。」《三國志·周瑜傳》裴松之注引《江表傳》：「與周公瑾交，若飲醇醪，不覺自醉。」文學角

色在《三國演義》第五回登場。

馬忠

蜀漢有名將，馬忠功顯彰。量寬人厚重，陣列武威揚。北伐助諸葛，連番殺敵強。南征擒孟獲，智勇平西羌。遷任尚書職，成都政德昌。夷蠻深拜服，供奉建祠堂。

註：馬忠，字德信，本名狐篤，巴西閬中人，三國蜀漢將領，官至鎮南大將軍，封彭鄉亭侯。《三國志》本傳：「忠為人寬濟有度量，但詼啁大笑，忿怒不形於色。然處事能斷，威恩並立，是以蠻夷畏而愛之。及卒，莫不自致喪庭，流涕盡哀，為之立廟祀，迄今猶在。」《華陽國志》亦有記述其人其事。成都武侯祠劉備殿側廊有十四尊武臣像，馬忠位列第十一。文學角色在《三國演義》第七十七回登場。

羊祜

烽煙延魏晉，羊祜舉征麾。泰始統兵卒，西陵拒陸師。參修訂律禮，疏奏議朝儀。二上伐吳表，揮軍將敵夷。臨終薦繼任，司馬倍傷悲。杜預前來弔，峴山墮淚碑。

註：羊祜，字叔子，兗州泰山郡人。晉世戰略家、政治家、文學家。有家學，世代有官銜，漢末蔡文姬外甥。《晉書》有傳。《三國演義》第一百二十回有描述其人其事。

秦宓

高才居野屯，秦宓德崇尊。諸葛知能用，益州學士元。博通具卓識，妙語答張溫。肺腑勸先主，東吳未可吞。直言招罪過，棄置入牢樊。晚任司農職，著書述廣存。

註：秦宓，字子敕，廣漢郡綿竹縣人。三國蜀漢大臣、學者，著述有文彩，能言善辯，才氣過人。《三國志》本傳：「益州闢宓為從事祭酒。先主既稱尊號，將東征吳，宓陳天時必無其利，坐下獄幽閉，然

後貸出。」其人其事，詳見本傳，《三國演義》亦有相關描述，見六十五回。

諸葛瑾

時亂勢傾翻，子瑜吳楚奔。任遷使蜀漢，輔主建屏藩。合陣門司馬，襄陽拔敵幡。
公私明界線，兄弟各廷門。生死不易改，仲謀有誓言。恩如親骨肉，忠義永長存。

註：諸葛瑾，字子瑜，琅琊陽都人。蜀漢丞相諸葛亮兄，太傅諸葛恪之父，三國孫吳重要謀臣。《三國志》本傳：「建安二十年，權遣瑾使蜀通好劉備，與其弟亮俱公會相見，退無私面。……時或言瑾別遣親人與備相聞，權曰：『孤與子瑜有死生不易之誓，子瑜之不負孤，猶孤之不負子瑜也。』」《江表傳》：「瑾之在南郡，人有密讒瑾者。此語頗流聞於外，陸遜表保明瑾無此，宜以散其意。權報曰：『子瑜與孤從事積年，恩如骨肉，深相明究，其為人非道不行，非義不言。』」文學角色於《三國演義》第四十三回正式出場。

郭嘉

漢末英豪出，郭嘉才智雄。四方薦傑士，十勝説曹公。官渡進奇策，二袁歧路窮。白狼山速戰，魏武建高功。赤壁如人在，戎機或不同。柳城染惡疾，天妒命歸終。

註：郭嘉，字奉孝，潁川陽翟人。《三國志》本傳：「太祖謂嘉曰：『本初擁冀州之眾，青、並從之，地廣兵強，而數為不遜。吾欲討之，力不敵，如何？』對曰：『劉、項之不敵，公所知也。漢祖唯智勝；項羽雖強，終為所禽。嘉竊料之，紹有十敗，公有十勝，雖兵強，無能為也。』……嘉深通有算略，達於事情。太祖曰：『唯奉孝為能知孤意。』……後太祖征荊州還，於巴丘遇疾疫，燒船，歎曰：『郭奉孝在，不使孤至此。』」文學角色在《三國演義》第十回登場。

連瑣

有艷鬼連瑣，楊生愛甚殷。癡心兩暗許，相會倍慇懃。惡隸忽侵害，淫威憎厭紛。

情堅救弱女，拚命鬥魔君。浴血拯卿命，破棺出墓墳。廿年禁閉解，復活世奇聞。

註：本篇見於《聊齋志異》卷三，講述女鬼連瑣與書生楊于畏之愛情事。《聊齋志異》人物故事，前作《望雲窗詩稿》及《望雲窗詩稿續編》已有撰述，今將新作置於此。

青鳳

聊齋怪異事，描述有人情。荒野居狐族，耿生巧遇卿。芳心未感動，癡戀夢難成。某獵傷其父，求君來救營。急中將困解，義勇見眞誠。拜謝隆恩德，許婚鸞鳳鳴。

註：本篇見於《聊齋志異》卷一，講述狐鬼青鳳救父報恩下嫁癡戀者耿生事。

俠女

聊齋說俠女，筆擬唐傳奇。冷艷如桃李，寡言不笑嗤。感恩侍爾母，繼嗣孕而兒。

飛劍刺妖孽，割頭囊置之。血仇得以報，告別正時宜。緣盡無牽累，揚長自遠離。

註：本篇見於《聊齋志異》卷二，講述顧生與俠女之情緣，以及俠女報恩與殲滅仇家之事。

鐵布衫法

話說有神技，武林鐵布衫。沙回修此法，演練示彭三。指利能穿破，牛皮及脖頜。下身受木撞，任擊不憂戚。但畏刀來刺，聊齋此述譚。功夫眞或假，高藝待探參。

註：本篇見於《聊齋志異》卷六，講述有沙回子得鐵布衫大力法之演示情況。

封三娘

修道封三娘，寺逢少女顰。芳名范十一，艷絕非凡人。兩美深交好，情同姊妹親。選夫無貴賤，屬意孟安仁。酒醉玉成事，狐精被破身。了緣則遠去，臨別願相珍。

註：本篇見於《聊齋志異》卷五，講述封三娘與范十一娘之交情。封氏本為修道狐仙，范氏不知情而暗中玉成姊妹共侍一夫之願，結果緣盡而分開。

甄后

劉宗有仲堪，甄后飛魂探。續了前塵事，長思候覆函。聘差一艷婢，蒂結兩歡頷。黄犬來狂噬，司香心悸眈。竟疑妻是鬼，作法擬收龕。憤斥而離去，室虛夫自慚。

註：本篇見於《聊齋志異》卷七，講述三國甄后仙魂與劉楨後人劉仲堪重遇之怪事，司香為甄后送來嫁與劉氏報恩之仙婢。

梅女

梅家被盜竊，惡賊賄公堂。官屈私通罪，女羞上吊亡。冤魂藏壁内，苦困長悲傷。

情動癡心漢，破牆解困殃。陰曹有鬼妓，操控眞荒唐。怒劍將仇報，謝恩義不忘。

註：本篇見於《聊齋志異》卷七，講述官賊勾結而令梅女含冤自殺之慘案，以及梅女與封雲亭之人鬼愛情故事。

霍女

聊齋說霍女，冶艷美釵鬟。行事多陰詭，籌謀非等閑。性淫則蕩產，吝者破其慳。依戀窮黃某，數年共苦艱。情眞兼義重，安置深思頒。人鬼難長處，分離拭淚潸。

註：本篇見於《聊齋志異》卷八，講述霍女以美色四出誘騙奸徒，鋤強扶弱之俠義行為，以及與黃生之愛情故事。潸，粵音山。

庚娘

中州金大用，妻子名庚娘。船上遇淫賊，全家遭禍殃。誘婚歸故宅，智勇殲仇倀。
投水避追殺，死而後返陽。偶然相邂逅，喜極泣難忘。輾轉歷奇變，感恩同慶觴。

註：本篇見於《聊齋志異》卷三，講述庚娘與丈夫為奸人所害，失散後輾轉重逢之故事。

快刀

明末濟多盜，章丘更漫滔。衙中劊子手，使刃技超高。某犯正臨死，行刑求急操。
果眞似閃電，落地滾胡桃。張口頻呼叫，連稱好快刀。聊齋記此事，聞者心驚慅。

註：本篇見於《聊齋志異》卷二，講述某劊子手快刀斬首事，駭人聽聞。慅，粵音騷。《廣韻·六豪》：
「慅，恐懼。」

狐妾

有官劉洞九，坐署遇狐仙。貌美解人意，納收小妾焉。身懷魔法技，即變佳餚筵。
禍福與夭壽，瞭如指掌前。能知千里事，看透眾心田。一旦恩情盡，分離則了緣。

註：本篇見於《聊齋志異》卷三，講述劉洞九與狐妾事，神怪生動，人情事態，虛實有趣。

紅玉

紅玉愛馮郎，狐人義不忘。娶妻順老父，遇惡慘遭殃。婦與翁俱死，無辜歷痛傷。
仇終由俠報，庸吏亂公堂。飛刃解囚困，冤平歸故鄉。有緣相會見，情好德芬芳。

註：本篇見於《聊齋志異》卷二，講述馮相如與狐妖紅玉之愛情故事，並揭示惡霸與奸官之橫蠻行為。

小二

白蓮教惑眾，癡信變奸倀。小二精邪術，丁生勸出亡。騎鳶離妖地，築舍蓄牛羊。自設琉璃廠，營商廣業昌。遇兇解劫厄，高義釋強梁。善果善因種，濟民德顯揚。

註：本篇見於《聊齋志異》卷三，講述趙小二與丁紫陌之愛情故事，同時寫女性之超卓才華，頭腦機靈，營商有道。

姬生

狐妖好作惡，姬某誘離遷。設酒熟雞食，奉呈萬兩錢。不虞反受騙，盜寶案牽連。幸得賢妻助，暗還免禍纏。登科來陷害，罪狀高懸宣。主考通情理，功名毋棄捐。

註：本篇見於《聊齋志異》卷十二，講述姬生欲感化狐妖之有趣故事，亦反映出現實生活所見流民欺人逞惡之手段。

海大魚

海濱遠無際，倏忽現連嶺。綿亙數里許，壯觀駭奇景。惆然急驟徙，渺渺絕蹤影。有謂是鯨類，聯群起伏騁。清明時輒見，寒食來祭省。萬物具情理，聊齋述說逞。

註：本篇見於《聊齋志異》卷二，講述清明寒食期間有連群大魚於海濱出現之怪事。卷十一〈于子游〉亦有相近之描述。

葉生

屢試失科名，高才飲恨鳴。丁官憐葉某，留寓深同情。委任教其子，四年學有成。回家時正合，遣送上歸程。入宅見親眷，妻兒大恐驚。恍然身已死，魄散衣頹傾。

註：本篇見於《聊齋志異》卷一，講述葉生高才而失意於科舉，死後精魂不得安息之可悲怪事。

狐聯

夜讀在深宵，兩狐獻媚嬌。焦生不受誘，出絕對來挑。情急未能答，嘻而將告昭。戊戌差一點，己巳下雙挑。文字爲遊戲，精思巧妙饒。李司寇故事，蒲氏記閒聊。

註：本篇見於《聊齋志異》卷二，講述兩女狐鬼來色誘焦生不遂，於是出對戲弄之事。聯云：「戊戌同體，腹中只欠一點；己巳連踪，足下何不雙挑」。蒲松齡於文末交代此故事出自長山李司寇。

胭脂

有秀才秋隼，胭脂屬意憐。候媒備聘娶，竟受誘欺纏。輾轉成兇案，無辜遭屈牽。愚山來審訊，疑犯列堂前。巧計引招認，心虛被識穿。冤情終大白，伏法罪當宣。

註：本篇見於《聊齋志異》卷十，講述卞胭脂不當處事而令鄂秋隼含冤受屈。故事非常曲折，最後由施愚山巧計破案，將殺人犯毛大及有關參與者懲治。愚山，施閏章號，明末清初人，蒲松齡應試之考官。

李靖

托塔天王名李靖，典型或出華嚴經。吽迦陀野曾詳說，護法眞言描惡形。
十萬神兵聽命遣，三叉戟杖掃邪靈。民間存有令公節，香火脩祠祐世寧。

註：李靖，號托塔天王，古代神話傳說人物，由佛教「武財神」、「財寶天王」及隋唐將結合而成。《吽迦陀野儀軌》：「身著七寶金剛莊嚴金甲冑，其左手捧塔，右執三叉戟，其腳下踏三夜叉鬼。」《北方毗沙門天王隨軍護法真言》：「七寶莊嚴衣甲，左手執戟槊，右手託腰上，其神腳下作二夜叉鬼，身並作黑色，其毗沙門面，作甚可畏形惡眼視一切鬼神勢，其塔奉釋迦牟尼佛，教汝若領天兵守界擁護國土。」民間通俗文學《西遊記》、《封神演義》皆有李靖形象角色。

施公案

清代文娛多小說，民間奇案話施公。世綸善政懲奸惡，天霸英雄助建功。

故事修編揚教化，人情豐厚勵貞忠。全書回目逾五百，布局內容亦不同。

註：《施公案》，作者不詳，清世中葉時公案小說。施公是指康熙年間循吏施世綸。又稱《潯江公案》、《施公案傳》、《施案奇聞》、《百斷奇觀》等。初版九十七回，後編為五百二十八回。情節多屬虛構，主要描述施世綸與豪俠黃天霸嚴懲土豪惡霸故事。

彭公案

通俗章回清世興，彭公奇案繼爭鳴。連篇續作十七集，風靡時堪第一名。
演說書評多取用，流通廣播及鄉城。言辭語調頗平實，人事摹描尚合情。

註：由署名「貪夢道人」編著。「彭公」是清世康熙循吏彭鵬，書中多描述其所處理之案。初版共廿三卷一百回，後人續至十七集，共三百四十一回，亦頗長篇。

三俠五義

三俠五義傳，作家石玉昆。包公鍘惡賊，正氣貫乾坤。五鼠破奇案，掃邪拔罪根。
龍圖揚政德，南北武功尊。殲霸鋤姦黨，爲民雪慘冤。章回全百二，清世廣刊存。

註：《三俠五義》作者石玉昆，號問竹主人，小說家，善於評書，人稱「石先生」、「石三爺」，活躍於清乾隆末至同治年間。本書之版本頗多，流傳甚廣，書中故事講述包拯、五鼠、南北俠警惡鋤奸事，對近代評書及曲藝都有深遠影響。

兒女英雄傳

兒女英雄傳，原名金玉緣。鐵仙乃作者，小說章回編。孝義十三妹，父仇不共天。
尋之欲手刃，惡賊已刑宣。公子求佳偶，娶妻兩美圓。夫憑賢內助，德業長亨延。

註：《兒女英雄傳》，原名《金玉緣》。作者為滿州人，文康乃書中署名，姓費莫氏，字鐵仙，一字悔

庵，號燕北閒人。故事將傳統民間小說之俠義、公案、言情三類融於一爐，對清朝社會世態人情，有細入描繪。所述內容，包羅萬有，關乎服飾、飲食、建築、民俗、科舉、官制、郵政、用品、用具等各類事項及活動，甚具參考價值。

程瓊玉

牛鞞程氏女，十九嫁張惟。夫逝育兄子，撫而兼教施。舅姑受奉養，德操盡皆知。有吏王沖者，動心強聘之。毋寧投水死，貞義不能移。權貴欺人甚，弱貧命苦悲。

註：程貞玦，字瓊玉，牛鞞縣人，嫁張惟為妻。其事見東晉常璩《華陽國志》卷十：「貞玦，字瓊玉，牛鞞程氏女，張惟妻也。十九適惟。未期，惟亡。無子，養兄子悦。供養舅姑，夙夜不怠。資中王沖欲娶玦，玦叔父肱答以女志不可奪。沖為太守李嚴督郵。嚴記縣，遣孝義掾奉羔鴈，宣太守命聘之。玦乃自投水。救援，不死。後太守蘇高為立表。」鞞，粵音有平仄兩調。本詩所述乃史書所見人事，因後作而置於本篇末。

戊篇

長鋒

長鋒黑竹管，點捺任縱橫。筆走龍蛇舞，鮫鯨出海迎。

無職

無職一身輕，天高空氣清。江湖多瑣事，自始絕聞聲。

鬱悶

鬱悶兩三日，狂風雨未停。蕭條處處在，草茂亦曾經。

營營

營營又役役，心窘不能舒。登嶺望雲海，神飛煩躁除。

贈劍

贈劍手中握，夜來出鞘看。當機可立斷，氣正更凝寒。

蛇形

蛇形半月戟，八尺勢強橫。攻守兩兼備，陣中破盾兵。

佳節

中秋後，又重陽，佳節更夜長，月圓風冷霜。雲暮變化最反常，一年容易到冬藏。

相見

又相見，喜有緣，此中美酒筵，今日如前先。摯友舉杯謙量淺，知音暢話不拘牽。

風吹

雲似波，風吹過，山勢曲彎多，沙灘拾貝螺。梯田級級疊層窩，村口來群雞鴨鵝。

新綠

新綠肥，鳥依依。花開又再謝，四季任高飛。往者由他歸去罷，天涯何處不芳菲。

紅霞

紅霞晚，入夜嵐。要變之時變，灰來黑又藍。忽然轉冷風吹起，雨灑當前濕透衫。

無雲

無雲夜，不見星。潮湧北風起，浪波隨急興。紛紛擾擾船搖動，天色灰藍又墨青。

仰頭

仰頭望，回又回。轉轉層層疊，香煙薰又灰。圓圈漸漸寸分落，頂上方扉雲未開。

嫩草

嫩草茵，氣更新。春來昨日早，鳥叫於清晨。仰望雲開天爽朗，晴空萬里倍精神。

黟黑

天黟黑，抹紅塵。風割愁千縷，月埋隱數頻。忽然變色烏雲蕩，雨急滂沱落海濱。

日月

日月梭，灰霧多。晦氣添迷惘，窗前風冷過。沉沉勢態漸收黯，墨線山牙隱側坡。

冷森

寒氣侵，冷森森，渺遠山中陰，凜然凍入心。灰天黯黯厚雲沉，微雨澌澌暮夜霖。

無月

天無月，心有月。月餅圓似月，今月如舊月。月有月時見月悅，月月月明悅月月。

平安

平安夜，燈火樹。廣廈金輝瀉，歡聲傳屋舍。聖嬰救世光芒射，神照人心將罪赦。

街頭

豆腐花，衣裳竹。栗子飛機欖，裹蒸粿白粥。叫賣街頭到巷尾，頑童野狗相追逐。

三兩

油炸鬼，缽仔糕。賣花派報紙，磨鉸剪鏟刀。揺枱橋凳大牌檔，幾件計埋三兩毫。

向西

紅毛泥，斜路堤。走馬騎樓底，單橦柚木梯。綠白地磚窗向西，門鐘嘎嘎響聲啼。

蝶兒

蝶兒戲，雀鳥啼，鬧紛紛，滿園生氣。白雲飄來風淡起，看蒼天，十分神力。

蒼穹

空。去去來來無所踪。離天地，萬物返蒼穹。

倏忽

風。倏忽而來一掃空。無緣故，隨意北西東。

來去

悲。死別生離自有期。風雲過，來去不能追。

分別

離。人事世變不足奇。終分別，本道又何悲。

掀滾

掀。滾滾洪波千尺翻。驚拋起，險被浪鯨吞。

可笑

嘻。可笑人嘻鬼亦嘻。荒唐極，竟以畫皮披。

網內

癡。網內心迷不自知。深沉溺，痛苦戀相思。

緣在

緣。在世來時順自然。完全了，去去莫綿纏。

終始

喜。事適逢時眞善美。莫心欺，萬物有終始。

日子

日子太匆匆，光陰如轉蓬。天涯寄遠望，楓葉落飄紅。

離枝

離枝別影踪，秋去罕鳴蛩。山嶽白雲聳，耐冬堅柏松。

夜冷

夜冷寒如水，月殘映入窗。潛而越絕溟，飛鶴過霜江。

月色

月色入雲暮，風搖嫩綠枝。香花蕊下墜，落地舞旋姿。

春雨

春雨淫霏霏，野田滿綠肥。雲山行路遠，空氣更清稀。

假日

假日有閒餘，出門心自舒。花開野草地，樹下風徐徐。

脫剝

脫剝老秋梧，寒時草木枯。冬來十二月，朔朔北風呼。

晨興

晨興報曉雞，嘶馬踏輕蹄。天氣清而朗，風吹野草萋。

羞月

轉瞬到佳節，星燈耀滿街。川流人似鯽，羞月隱陰霾。

有鳥

有鳥在窗外，頂紅身淡灰。霍然振翅翼，一去則無回。

樹綠

樹綠石階濕，草青氣色新。朝來雨過後，子夜耀星辰。

天遠

天遠淡灰雲，勢如飛馬群。茫茫偌大海，遙望平無垠。

日影

日影近黃昏，野牛臥草原。南風微拂過，叢上蝶飛翻。

枝弱

枝弱葉離落，花殘泥土乾。春來有節候，先耐過冬寒。

風急

風急水波盪，雲飄山過山。鳥來人不獨，高去又飛還。

湖平

湖平上舫船，離岸迎風前。鷗鳥來尋食，盤旋在頂巔。

虛靜

虛靜心忘卻，氣呼如退潮。山中人獨坐，萬籟更空寥。

早上

早上過田坳，林中有野茅。舊村人不見，鳥唱柳枝梢。

繞徑

繞徑入叢蒿，出而見嶽高。雲天日耀目，有鳥遠翔翱。

岸邊

岸邊風景緻，紅日臥山阿。飛鳥相追逐，征帆競海波。

江楓

江楓伴晚霞，遠望點昏鴉。日落而天暗，氣寒山隱牙。

步行

步行過野荒，長徑入村鄉。路轉漸風緊，黃昏後更涼。

雨濕

雨濕路斜傾，前行滑步迎。上山穿石徑，林過渺鶯聲。

池清

池清水綠萍，沈寂更安寧。如鏡平而靜，四周山色青。

橘紅

橘紅炮仗藤，枝葉纏攀棚。三月怒而放，滿園新氣增。

涼秋

涼秋十月後，草葉漸長修。傍晚迎風至，疏星入靜幽。

杜門

杜門恬靜深，窗外景濛森。風起葉飄落，石堦氣濕侵。

秋分

秋分冬又近，深鬱遠山嵐。霜霰時而過，春來不誤耽。

澗邊

澗邊竹筍尖，春意山林添。流水淙淙響，沿蹊上嶽崦。

冬月

冬月氣寒嚴，遠征北海鑱。船頭濺白浪，鷗鳥逐飛銜。

註：鑱，粵音慚，平聲。

遠山

遠山景曨曚，漠漠霧雲攏。田野耕牛馬，蝶飛野草動。

霧氣

環山霧氣擁，入夜灘潮湧。孤獨無聊賴，仰觀星斗拱。

灘上

灘上有花蚌，悠長深綠港。踏沙到岸邊，亂草牛低項。

泰卦

泰卦有終止，地天爻變否。周而又往還，大道復於始。

一年

一年將近尾，細數有凡幾。春夏而秋冬，收成尚薄菲。

兩鳥

兩鳥偕儔侶，枝頭翼翅舉。雙雙齊躍飛，橫越過江渚。

烈日

烈日正當午，炎炎熾熱土。甘霖待有時，耕耨多艱苦。

府邸

古都名府邸，矗立桐門柢。偌大畫廳堂，莊嚴容齊齊。

註：齊齊，見《禮記・玉藻》：「廟中齊齊。」讀音見《集韻・薺韻》。

花斑

花斑身扁矮，八腳雙鉗拐。水陸兩棲居，橫行青殼蟹。

靜心

靜心將藥採，專注一而再。養氣自修存，南風有所待。

嶺峰

嶺峰有猛隼，不懼朔風緊。展翼而衝飛，翱翔向遠引。

灰雲

天遠灰雲蘊，嶽峰晦隱隱。樹高鬱綠深，長影黃昏近。

雲高

雲高鳥不返，寒氣催年晚。花謝過秋冬，重開春夏暖。

朝來

朝來值小滿，輕步石堦浣。雨過草花鮮，蝶飛翩款款。

梯階

梯階疊石板，徑引小樓棧。氣淡聚灰雲，雨飄路濕潸。

註：潸有平上兩音，見《廣韻》平聲卷二十八山，上聲卷二十五潸。

退潮

退潮灘水淺，鷗落沙輕踐。振翼而高飛，前迎風剪剪。

山高

山高見月小，樹靜宿歸鳥。陰鬱更清寒，濛濛待破曉。

惡鼠

惡鼠磨牙爪，貪婪好咬撓。抱肥急囓吞，終日食無飽。

無情

無情天不老，日月千秋皓。萬變又歸元，平明向大道。

登山

烈日熾如火，汗流似雨墮。登山繼志堅，上步勿慵惰。

綠樹

綠樹旁田野，夕陽映瘦馬。青山遙徑彎，祠廟古風雅。

忽見

山高形似掌，天色不明朗。忽見烏成群，盤旋振翼上。

山嶺

山嶺無人境，高天飛鳥靜。樹旁草色青，日照曳長影。

山間

山間綠草町，水岸繫歸艇。石屋沿河邊，茶寮不遠迥。

人行

八月中秋後，人行已別久。清風吹入窗，天氣近重九。

時光

時光飛逝甚，薄暮春花錦。五月賽龍船，秋風又一稔。

天灰

天灰萬物感，思動心波撼。暮氣隱關山，風吹將户掩。

離離

離離野草苒，遠望昏鴉點。寂寂日西沉，餘暉漸晻晻。

拾級

拾級跨高檻，門神如虎闞。森嚴大府堂，凛凛呈威範。

註：範，《廣韻》只收一音，見上聲卷五十五范。粵音則讀去聲。

冷風

冷風自北送，朔朔氣寒凍。窗外聲呼嘶，夜長難好夢。

花間

五代奢華縱，艷詞廣唱誦。花間婉約風，吹靡北南宋。

秋色

秋色漸紅絳，葉飄落里巷。階前空氣清，涼意近霜降。

紅菡

紅菡衣青翠，垂懸如玉墜。輕風拂緩徐，雨後添珠淚。

返歸

天色變無既，朝嵐晚暮氣。曩時鳥高飛，冬後返歸未。

清早

清早出昕曙，光芒遍萬庶。高昇越嶽峰，夕照森深處。

百鳥

百鳥歸巢樹，黃昏漸入暮。夜長潺水聲，月映山林路。

葉落

葉落枝搖曳，春風未及逝。新生需待時，日月相交替。

命運

命運遇譖害，逢之無可奈。窮時待轉機，否極必來泰。

世間

世間人事壞，見慣不奇怪。退去遠知聞，清閒心暢快。

芝蘭

芝蘭九畹在，滋毓有多載。春夏出奇葩，拔高盛茂采。

荊棘

荊棘難前進，荒村草亂陣。廢田長野蒿，鼠犬相追趁。

無求

無求不用問，自勵將磚運。健體兼修心，詩書可解慍。

早起

早起山行健，清茶而淡飯。靜修返自然，養氣煩離遠。

灘岸

灘岸石沙亂，風吹波瀚漫。白帆浪不高，雲薄天灰幔。

虛幻

日月如梭間，濁流溪水澗。往還未適時，世態多虛幻。

煩事

煩事令心倦，世情何所羨。閒談不好聞，候賞秋霜霰。

天變

天變北風嘯，地寒燈火照。湖邊水冷清，罕見有垂釣。

葡萄

葡萄將酒酵，藏桶地中窖。料理適時宜，釀成佳品貌。

雞啼

雞啼將曉報，氣爽清晨造。沿徑上山崗，生機在大道。

閑時

閑時讀楚些，無事靜倚臥。究學不求知，詩文懶唱和。

秋冬

秋冬春至夏，四季景無價。閉目可心遊，時宜享靜暇。

夏日

夏日來遊訪，迎風乘蠡舫。澄空鳥逐飛，海闊天心曠。

河邊

河邊草茂盛，湖面平如鏡。天色近黃昏，鷲鷹相逐競。

古寺

古寺傳鐘磬，清音入耳聽。紅陽映漸沉，暮色隱蹊嶝。

園內

園內草青秀，魚游清澈透。曲欄跨水池，高樹葉幽茂。

山徑

山徑樹森蔭，葉紅潤澤滲。靜觀水上鳧，空暇閑爲甚。

高瞰

天變灰而暗，連山雲氣淡。烏飛上嶽峰，站頂從高瞰。

峰高

峰高巖石墊，碧落薄雲斂。泛艇在湖中，餘暉水瀲灧。

峰勢

峰勢挺如劍，登蹊多坎陷。嶽高不可欺，嶺頂雲無欠。

黃粱

黃粱熟，淡米粥。平時少酒肉，名利莫追逐。何必珍羞塡肚腹，清茶一口味甘馥。

八月

八月八，森羅刹，飛來鷹叫嘎，展翼翱翔滑。漠漠長空眼銳察，彩旗忽忽猛風颳。

飛雪

天飛雪，冰凍結，朔氣顫脣舌，皮膚爆折裂。沉沉灰黯白草折，陣陣狂呼風凜冽。

天青

天青碧，雲淡白，長空無阻隔，俯瞰心驚嚇。眼下如蟻來訪客，塔尖邁步邊緣窄。

空靜

空靜寂，四牆壁，窗外響霹靂，虛心無怛惕。今朝雨落聲淅瀝，到晚秋來生筍荻。

颪颯

颪颯颯，快寒臘，野草含羞答，天空鳥繞匝。遠邊濛混紛相雜，簷上忽來灰白鴿。

秋風

秋風接，飄落葉，紅黃滿地涉，步履放輕躡。遠處山嵐迎眼睫，中間瀑布水流捷。

沉浮

黑夜月，風吹忽。沉浮沉，沒出沒。

險狹

勢險狹，雲高壓。步心驚，危窄狹。

變剎

月在朔，落冰雹。怪頻數，爻變剎。

避匿

東南西北，難以預測。忽轉強風，藏遮避匿。

人歸

人歸步急，雨落衣濕。黑夜悠長，風來冷澀。

路曲

樹森鬱，路曲屈。天地生萬物，風吹紅塵拂。

樹葉

樹葉綠，紅塵俗。登山矚，前徑曲。拾級續，晨曦旭。

交錯

陰與陽，相交錯。參天樹，幽岩壑。野荒漠，夜月泊。水底龍，雲中鶴。

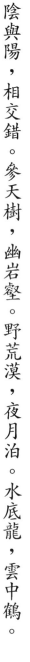

後記

本書乃前著《望雲窗詩稿》、《望雲窗詩稿續編》之再續編，題作《望雲窗韻稿選》。全書分甲、乙、丙、丁、戊五篇。分別爲文史、文化、軍政、文學作品角色人事及雜興五類。分類以概括式劃分，容或有不當及未善之處。基本上，文史乃關乎學術、創作有成就者。文化指於文化、工藝、專業技術者而言。軍政類有部分除關涉文治武功，其於教育、文學、文史又有所貢獻，亦歸於此。文學則指有涉及神話傳聞、民間故事、章回小說、戲曲等所見之人物及其有關事宜。

詩作排列次序，盡量參照人事之時代爲先後。文學類人物，則按其所出典籍或本詩稿撰作之先後排列。

雜興類除五言絕詩，另有三言體、四言體、三五七言長短句式及擬古詞曲體，此類並不依標準格律，故無詞曲牌目。另有幾首戲作文字，粵字方音，文白夾用，亦不拘既定形格。詩題以首句前兩字略稱，如有重出，或因情況不合，則選該詩某兩字爲題，謹此一並說明。

書前附有陳汝栢教授餽贈墨寶，以表對恩師之懷念與尊崇。

書稿承蒙萬卷樓張晏瑞先生再三鼎力支持，可於臺北付梓刊行，又蒙李學銘教授三賜序言。情深義厚，萬千感激，耑此拜謝！

顯慈謹識

二〇二四年三月

望雲窗韻稿選

文化生活叢書
詩文叢集1301081

作　　者　馬顯慈
發 行 人　林慶彰
總 經 理　梁錦興
總 編 輯　張晏瑞
出　　版　萬卷樓圖書股份有限公司
發　　行　萬卷樓圖書股份有限公司
臺北市羅斯福路二段四十一號六樓之三
電話 (02)23216565　傳真 (02)23218698
香港經銷　香港聯合書刊物流有限公司
電話 (852)21502100
傳真 (852)23560735
ＩＳＢＮ　978-626-386-041-4
出版日期　二〇二四年四月初版
定　　價　新臺幣 四〇〇元
如有缺頁、破損或裝訂錯誤，請寄回更換

責任編輯　林涵瑋
排　　版　游淑萍
封面設計　百通科技股份有限公司
印　　刷　百通科技股份有限公司

國家圖書館出版品預行編目資料

望雲窗韻稿選 / 馬顯慈作. -- 初版 . -- 臺北市：萬卷樓圖書股份有限公司, 2024.04

面； 公分.--（文化生活叢書・詩文叢集；1301081）

ISBN 978-626-386-041-4（平裝）

851.487 113000658